金貨1枚で変わる
冒険者生活《ぼうけんしゃせいかつ》
著
天野ハザマ

ステラ
美しい金髪、宝石を思わせる青い瞳のライトエルフ。金級冒険者。主人公が最底辺の生活から抜け出すきっかけを作るが、そこにはある理由が……。
イストファ
貧しい農家出身の少年。路上生活に近い最底辺の冒険者見習いから一流の冒険者を目指す。失敗を繰り返しながらも、師匠や友人とのやり取りを通して人間としても成長していく。
主な登場人物

ケイ
武器屋で働く、フリートの娘。父親同様、イストファを応援している。
カイル
大魔法士を目指す少年で、あることをきっかけに主人公の親友となる。身分の高い出身のようだが、口は悪い。
フリート
武器屋の親父で、職人気質のドワーフ。真面目に頑張っているイストファを応援している。

Contents

金貨1枚で変わる冒険者生活《ぼうけんしゃせいかつ》

天野ハザマ

イラスト
三弥カズトモ

プロローグ

キイン、と甲高い音を立てて金貨が弾《はじ》かれる。

持つ者にとっては、そんな遊びに使われる程度のもの。持たざる者にとっては、それ1枚さえあれば浮かび上がるチャンスになるかもしれないもの。数える気もなくすほど多くの神々の存在が示唆《しさ》され、奇跡の存在するこの世界でも……誰もが等しく幸せに、とはならない。

例えば、才能。神々からの授《さず》かり物……どの神からかは不明だが、とにかくそれは、平等ではない。

才能を溢《あふ》れるほどもらった幸せ者もいれば、そうではない者もいる。

例えば、環境。才能を存分に活かせる環境に生まれた者もいれば、そうではない者もいる。

誰もが幸せなわけではない。けれど、そうした「幸せではない」者の全てが諦《あきら》めたわけではない。

例えば……そう、今金貨を弾いていた赤毛の少年もそうだ。

迷宮都市と呼ばれる場所に向かう少年は、何もかもを諦めてはいない。

ゴトゴトと揺れる馬車の中、少年は不機嫌そうな表情で窓の外を眺めていた。

柔らかいクッションのソファに座っていても伝わる不快な振動は、少年のただでさえ少ない体力を削っていく。

そのせいだろうか……少年の顔色は、あまりよくない。

できるだけ高級な馬車を選んでもこれなのだ。グレードの低い乗合馬車に乗っていたらどうなっていたかと思うと「今の自分の環境もマシな方だ」と思えるのだが……それはそれ。

「くっそ……どうにかならねえのか、この乗り心地は」

「どうにもならねえよ、諦めな」

馬車と並走する護衛の冒険者が、苦笑しながら窓の外から声をかけてくる。迷宮都市に帰るついでに護衛を引き受けたらしいが……どうにも気安い男、というのが少年の印象だった。

「でも、そんな高級な馬車に乗ってんだ。だいぶマシだろうに。乗合馬車なんか最悪だぜ？5人中5人は最初に乗った時に吐くからな」

「全員じゃねえか」

「おう、おかげで、古くて汚ねえ馬車に乗ると臭いがすごくてな！　それでまた吐くんだ。ハハッ！」

「理解できねえ。魔法に限らず、消臭の方法なんざ腐るほどあるだろ」

喋っているとだいぶマシな気分になってくるので、少年は男の雑談に軽く付き合う。

事実、そういう世界の話は少年の知的好奇心を軽く刺激してくれる。

「そんな金ももったいねえってな。何しろ、どうせまた客を乗せたら吐くんだ。なら最初に思いっきり吐いてもらった方が……なあ？」

「……当事者みたいに話しやがる」

少年がそう言うと、男はハハッと照れたように笑う。

「俺の親父がそういう乗合馬車やっててな」

「ちなみに、その馬車は今どこ走ってんだ」

その馬車には絶対近づかねえという決意を秘めながら少年が聞くと、男は「あー……」と何かを思い出すように声を上げる。

「どこかな。俺の弟が継いだからな。たぶん地元で走ってんじゃねえかな」

「なんで継がなかったんだよ。普通兄貴が継ぐだろ」

「決まってんだろ、そんなの」

少年の問いに男は軽く肩をすくめてみせる。まるで青空を見上げながら「今日の天気はどうだっけ」と聞かれたような顔をしながら、男は答える。

「……くっせえからだよ」

「だろうな」

あまりにも明確な答えに、少年は思わず笑う。

人は自由だ。与えられたものに満足せず足掻《あが》く限り、叶《かな》わない願いなどない。

そう信じるからこそ、男は冒険者になってそれなりに成功しているし、少年もこうして迷宮都市を目指している。

諦めない。その想いだけが、あらゆる願いを叶える鍵たりえる。

「……俺は、諦めねえ。絶対にだ」

そう呟《つぶや》く少年に、冒険者の男は何も答えない。そこに立ち入るほど、2人の関係は深いものではない。心の中で幸運を祈ってやる程度のものだ。

「なあ、迷宮都市まであとどの程度だ？」

「今日は着かねえな。ま、あと2日、遅くとも3日もありゃ着くだろ」

「そうか、楽しみだな」

誰もが夢を抱いて迷宮都市を目指す。現状では変わらぬものを変えるため、現状では叶わぬ夢を叶えるため。

……もっとも、誰もがその夢を叶えられるとは限らないのだが……それでも諦めなければ……夢破れ路地裏に落ちたとしても。それでも諦めなければ、きっと。その始まりの金貨1枚を掴《つか》むチャンスが訪れることだって……あるかも、しれない。

第1章　路地裏の少年

路地裏に、薄汚れた少年が座り込んでいた。

茶色の髪は汚れと汗でくすみ、簡素な布の服も汚れが激しい。

一見して落ちぶれ者と分かるそんな姿の少年は、別に珍しくもない。

ここ、フィラード王国の中でも特に景気のよい迷宮都市エルトリアには、夢見てやってきて、そのまま夢破れる者など掃いて捨てるほどいる。

ただ、少年の姿にほかの落ちぶれ者たちと違う点があるとするなら、それは——

その髪と同じ茶色の瞳がいまだ光を失っておらず。その腕に、冒険者見習いの身分を示す木製の腕輪が嵌《はま》っていることくらいだろうか？

少年はほかには何も持っていない。何も、何一つとしてだ。

英雄譚に謳《うた》われる伝説の剣を隠し持っているわけでもなければ、その身に強い魔力を秘めているわけでもない。

実は王家やら貴族やらの隠し子というわけでもなく、農家の4男で、口減らしのためにわずかな保存食を持たされて追い出された、そんな程度の出身。

幸運といえば、奴隷商人に売られなかったことと、無事に迷宮都市に着いたこと。

不運はその後、全部。働いても働いてもなぜか全く儲からず、装備どころか宿に使う金すら捻出できない。仕方なく近くの建物の軒下で休めば、少し寝た隙に有り金をほとんどすられる始末。預ける場所などどこにもなく、仕方なく誰にも見られないように隠しても、隠し場所を発見されて持っていかれる。

当然だ。見られていないと思っても誰かに見られている。特にカモと思われた少年は常に見張られている。既に浮き上がる気すらなくした路地裏の者たちは、いまだ魂までは自分たちと同じにならぬ少年を、振れば金の湧き出る袋か何かとしか思っていない。

そういう連中は、公権力の裏をかく努力だけは欠かさない。衛兵も、少年を哀れには思っているがどうしようもない。それでも少年は折れない。稼ぐことを諦めていない。その先にある夢を諦めていないのだ。

「……仕事、行くか」

すきっ腹を抱えて、少年は起き上がる。

今日も町の外で薬草採り。傷薬の材料となるギーネ草は、1本で5イエン。状態により多少値段は上下して、少年の採ってくるギーネ草は1本8イエン。半日かければ30本は採取できるから、240イエン。けれど、そこからギルドに仲介料で半分取られて120イエン。

リンゴが1個70イエンすることを考えると、これでは生活費にすらならない。

だから、メインは特殊な薬草の採取だ。例えば、毒消しの材料となるアルヌ草。これなら1本で50イエン。麻痺消しの材料となるオルム草なら、1本で20イエン。各種ポーション作成の基本となるエファ草なら、1本で100イエン。

森に入って色々な木の実を見つけてくれれば、さらに高収入が期待できるが、森にはモンスターが出る。ナイフ1本持っていない少年には、とても太刀打ちできるような相手ではない。

「……武器だ。せめて武器さえあれば変わるんだ……」

剣とはいわない。せめてナイフ1本。それだけでもあれば、命がけで挑めばゴブリン1匹くらいなら何とかなるかもしれない。

そうすれば、もっと変わる。森の奥に行けるなら、ダンジョンに潜れるなら。こんな生活からは抜け出せる。そのためにも稼がないといけない。少しでも多く、1イエンでも多く。

そんなことを考えながら、少年は町の北門へと歩いていく。

落ちぶれ者一歩手前ながら、まじめに働いて抜け出そうと頑張っている少年の姿を衛兵たちはよく見知っており、気の毒そうに声をかけてくる。

「お、イストファ。今日も薬草採りか?」

「うん。僕には、それしかできないから」

「……ん」

少年の……イストファの言葉に、衛兵の男は思わず言葉に詰まる。

助けてやるのは簡単だ。武器屋で売っている安いナイフなり剣なりを与えてやればいい。

あるいは、ちょっと口利きして、衛兵見習いにでも採用してやればいい。

しかし、そうすれば確実に面倒ごとに巻き込まれる。自分で何の努力もしない連中が我も我も、とやってくるだろう。

追い払うのは簡単だが、そうすると連中の目はイストファへと向かう。

あいつだけずるい。そうだ、奪ってしまえ。

そうなるのは目に見えていて、そうなったら、イストファは簡単に身包み剥がれ、身元不明の遺体となるだろう。助けるなら、その後の全てを面倒見るつもりで助けなければならない。

そして、少なくとも衛兵の男たちには、そうするほどの覚悟も義理もなかったのだ。

だから、衛兵の男はこう声をかける。

「ま、無理しない程度にな」

「いや、多少は無理しなきゃ。そうしないと、いつまでもこんな生活を抜けられやしない」

「まあ、な」

苦笑する少年に衛兵はバツが悪そうに頬を掻いて「ま、頑張れよ」とだけ声をかける。

「うん、行ってくる」

イストファはそう答えて手を振ると、そのまま町の外まで走ろうとした。とたんに、誰かにぶつかり、弾き飛ばされるように尻餅《しりもち》をつく。

「う、わ……っ」

「げっ、なんだ、この汚ねぇガキ！」

「あーあ。財布確認しとけよお？　すられてねえか？」

そこにいたのは、立派な鋼の鎧《よろい》を着込んだ冒険者の男。がっしりとしたその身体は、しっかりと食事をとって身体を動かしていなければでき上がるようなものではない。

もう1人は、魔法士だろうか？　抱えた杖に高そうな宝石が嵌っているのが見えた。

「ご、ごめんなさい」

「ごめんじゃねえだろうが！　ったく、こんなのは駆除しとけっつーの！」

「おい、そこまでにしておけ。お前ら新顔だな？　あまり騒ぐようなら追い出すぞ」

衛兵がやってきて男たちを睨《にら》みつけるが、男たちは軽く肩をすくめ、銀色の腕輪を見せつける。

「銀級冒険者……？」

「おうよ。噂の迷宮都市とやらで腕試ししてみようと思ってな。ついでに町の税収にも貢献してやろうってわけだ」

「……通れ」

銀級冒険者。上位の冒険者の証であるその銀の腕輪をした彼らは、それなりの実力者であるということだ。

彼らが冒険者として稼げば、当然町の税収も増える。それで優遇されるというわけだ。あんな態度でも許されるような……そんな生活ができる。

僕だって、いつかは。そんな想いを抱きながら、イストファは門を出る。広がる草原は、雑草と薬草の入り混じる採集地。しかしベテラン冒険者は薬草採取などやらないし、初心者でも武器があればモンスター退治に挑む。

故に、薬草採取というのは子供の小遣い稼ぎ程度の扱いなのだが……それでも、今イストファにできる仕事はこれしかない。

「……僕だって」

そう呟きながら、生えていた薬草を採取する。根からゆっくりと掘り起こし、土を掃《はら》って腰の袋に入れる。

薬草といえども、野に生えているだけあって生命力は雑草並みで、根から採っても、残ったわずかな根からまた生えてくる。

そして、根は扱いこそ難しいが、薬効は草そのものよりも高い、ともされている。故にイストファのやっていることは、既に薬草採りのベテランと比べても遜色《そんしょく》ない。目についたものを掘り起こし、掘り起こしたあとには土を埋め戻す。

そんなことを繰り返していると、ふとイストファの上に影が差す。

「ふーん、なかなか手慣れてるわね。今のそれ、エファ草よね？　どうやって判別したの？」

「え？」

言われて振り向き、そこにいた人物に気付いて、イストファは「わっ」と声を上げる。

驚いた。いつの間にかそこに誰かがいたことに。そして、そこにいた人物の……美しさに。

「え、えっと……エファ草は、葉の形が特徴的だから」

後ろで括《くく》ってポニーテールにした、美しい金の髪。宝石を思わせる青い瞳は、その勝気な表情を魅力的なものにしている。均整のとれた身体を包むのは布の服と……先ほどの男たちよりよほど高そうな、白い鎧。腰につけているのは短剣だろうか。かなり立派なもののようにイストファには思えた。

しかし、一番特徴的なのは……その尖《とが》った耳だろう。白い肌と尖った耳。この2つが揃う種族は、ライトエルフと呼ばれる者たちしかいない。そのライトエルフの女は「ふーむ」と頷《うなず》くと、イストファの手元のエファ草を覗《のぞ》き込む。

「確かにそうだけど、似た形の葉なら、毒草のディグ草もあるわよね？」

「……そうだけど、ディグ草は葉の裏に紫の線が走ってる、から」

イストファがそう答えると、ライトエルフの女は再度頷いてみせる。

「なるほど、ちゃんと知識はあるみたいね。ひょっとして、ギルドから情報買ってる？」

「あ、うん……いえ、はい」

「いいことよ。あの金の亡者ども、銭ゲバではあるけど、売り物に関してはしっかりしてるから」

そう、イストファは薬草に関する情報をギルドから買っている。

各種の薬草の簡単な特徴、50イエン。

間違えやすい毒草について、１００イエン。

それぞれの薬草の生えやすい場所について、１８０イエン。

薬草の正しい採り方、２００イエン。

毎回の報酬から分割で支払い、目標金額に達した時点で教えてもらうという方式で購入した……イストファの大切な知識でもある。

どうせナイフ1本買うのにも５０００イエンはかかるのだから、この辺りは必要経費だと割り切ったのだが……どうやら正解だったらしいとイストファは思う。

「ひょっとしたら、そうじゃないかなと思ったのよね。単純に生活に困って薬草採りやってるにしては、動きに迷いがなかったし」

「え、と。その……」

「でも少年。それだけ準備できる子なのに、どう見てもお金なさそうだけど、どうして？」

グイグイ来るライトエルフの女に、イストファは思わずたじろぐ。

一体何が言いたいのか、何がしたいのか。

分からないままに、イストファは「盗られ、ちゃうから」と呟く。

「は？」

「宿にも泊まれないから、外にいるしかないですし。そうすると、ちょっと寝てる間にお金を盗られるし、隠してもなぜか毎回見つかっちゃうし」

「うーん……」

「なんとか気を張って起きてても、殴《なぐ》られて気絶して……」

そこまで言うと、ライトエルフの女は「あー……」と天を仰《あお》ぎ唸《うな》る。

「どうしようもないわねー、ヒューマンは。こっちの方は王都並みに荒んでるって聞いたけど、情報通りすぎて笑えてきそうだわ」

「あ、あの。お話がそれだけでしたら、僕はこれで……」

「え？　あ、うん。ごめんね。えーと……君のお名前は？」

「あ、はい。イストファ、です」

「そっか。じゃあイストファ、これ」

そう言ってライトエルフの女が指で弾いてきたものを受け取って、イストファはギョッとした顔になる。

「こ、これって……1万イエン金貨!?」

思わず叫んで、イストファは慌《あわ》てたように金貨を握りしめ、周囲を見回す。

大丈夫、誰も見ていないし聞いていない。

「情報料みたいなものよ。君のお仕事をじゃましたお詫びでもあるわね」

「え、でも。そんな……僕、こんなものもらえるようなことなんて」

「あのね」

言いかけたイストファの肩を、ライトエルフの女が叩《たた》く。

「もらえるものはもらっておきなさい。それだけの目にあってもまだ君目は死んでないから、抜け出すチャンス狙ってるんでしょ？　それがそうよ」

言われて、イストファはハッとする。

そうだ、これだけあれば、ナイフどころか短剣くらいなら買える。品質に目を瞑《つむ》れば、長剣だって買えるかもしれない。イストファだって、戦えるようになるのだ。

「私、頑張る子は好きよ。だから、しっかりね」

「は、はい！　分かりました、お姉さん！」

お姉さん、と言われたライトエルフの女は……ちょっと照れくさそうな顔になる。

「や、そういえば名乗ってなかったけど、お姉さんって呼ばれるのはこそばゆいわね」

そう言って笑うと「ステラよ」とライトエルフの女は名乗る。

「ま、縁があればまた会いましょ？」

「分かりました！　今度はちゃんとした冒険者として、きっと！」

「期待してるわ」

そう言って町の門を潜《くぐ》っていくステラを見送って……その直後、ステラの腕に嵌っていた腕輪を思い出し、イストファは「あっ」と声を上げる。

彼女の腕に嵌っていたのは、イストファが袋に仕舞った1万イエン金貨と同じ……金色の腕輪だったからだ。

「金級冒険者……」

そう呟き、イストファは憧れのものを見るような目でステラの消えた門を見つめる。

いつかは、きっと。

門を出る時よりもずっと前向きな気持ちでそう思えたイストファは、決意を秘めて走る。

彼女の期待に応えられる自分にならなければいけない。

この1万イエン金貨があれば、全てが変わる。変えられる。

まずは武器を買って、ダンジョンに潜る。そしてもっと稼げる自分に……一流の冒険者になって、もう一度彼女の前に立つのだ。そう強く思った。

◆◇◆◇◆

そして。イストファは衛兵への挨拶もそこそこに門を潜ると、冒険者御用達《ごようたし》の商店街へと走っていく。新品のキラキラした装備から、中古の装備まで。そこでなら何でも手に入る。

フリート武具店、と書かれた店に入ろうとすると、掃除をしていた店主のドワーフの男に片手で阻止される。

「なんだ、ガキ。武器盗んで何かやらかそうってんなら、そうは……って、んん？　お前、イストファか。ずいぶん薄汚れたなあ」

「ど、どうもです。フリートさん」

「いつだったか、店の雑用の依頼で来た時ぁ、もうちょいマシだった気がするけどよ。で、どうした。まさか今日は客として来たってか？」

「えっと……その、まさかです」

そう言ってイストファは、ピカピカの1万イエン金貨を取り出す。

「ほー。ついにそんだけ稼いだってわけか？　その様子じゃ寝食も惜しみ……ってとこか。気持ちは分かるが、身なりってのも多少は大事なんだぜ？」

「は、はは……ごめんなさい」

まさか話をしたらもらえたとは言えず、イストファは笑って誤魔化《ごまか》す。

「ま、そういうことならぜひもねえ。だがまあ、流石《さすが》に1万イエンじゃ、鎧まで揃えるのは無理だぜ」

店の中へと招き入れてくれるフリートについて店の中に入っていき、イストファは周囲に飾ってある武器を眺める。このピカピカの武器とまでは言わずとも、中古の安い武器でいいのだ。

「えっと……これで買える武器があれば、と」

「1万イエンぎりぎりでか。そうだな、例えばそこの樽に差してある剣は1本6000イエンだが……ま、お勧めはしねえな。しっかりした短剣を買った方がいくらかマシだ」

「そう、なんですか？」

６０００イエンなら、買っても４０００イエン残るな……と思っていたイストファは、フリートの言葉に驚く。

「ありゃあ訳ありのもんだからな。素人に近い弟子が打ったとか、ゴブリンが持ってたもんを鍛え直したとか、あとは死人の持ち物だったとかな。それでも価値がありゃいい値段がつくが、そこまででもねえと判断されたんだ」

「うっ……」

「命をかけるにゃ不安だろ？」

「……はい」

「だろ？　まあ、任せとけ。そうだな、鉄の短剣……この辺りの７０００イエンのやつと、あとはお前に合いそうな中古の服一式と靴、頑丈な袋。ついでにベルト……で、合わせて1万イエン。どうだ？　今ならついでに風呂とパンもつけてやる」

嫌などと言うはずもない。言うはずもないが……イストファは、思わずぽかんとした目でフリートを見上げる。

「どうした？　不満だってか？」

「い、いえ。不満どころか……どうして、そこまで？」

正直に言って、優遇されすぎている。そう感じてしまったのだ。

無理もない。世界はイストファに優しくなかった。何かの罠かとすら疑いたくなってしまう。

「どうしてって、お前。ガキのくせに妙な遠慮しやがるな」

「いえ、でも」

「お前、いくつだ」

「え？　えっと、たぶん……13？」

「そんなクソガキが、腐らずまじめに生きようとしてんだ。見てみろ、店の外。お前よりでっけえのに、しょうもねえのがウロウロしてらあ」

言われて店の窓の外を見て、イストファは「うっ」と声を上げる。

何度も見た顔がいくつかある。イストファを殴って金を奪っていった奴もそこには混ざっていて、周囲を注意深く見回している。隙のある奴がいないかを見定めるその顔は、イストファが「ああはならない」と何度も自戒したものだ。

「あんだけデカけりゃ、イチかバチかゴブリンと取っ組み合いでもしてみりゃいいもんを、その度胸もねえ。だから、ああやって腐って堕ちていくしかねえ」

「……」

その言葉に、イストファはグッと拳を握る。

自分だって、いつかああなっていたかもしれないのだ。

「行く先は牢屋か死刑台かって分かってても、それしか選ぶ気がねえんだ。そんなのに比べたらお前、実に立派だ。応援くらいさせろ」

「……でも」

そんなにまじめにやっていてもお金は溜まらなくて、今手の中にある1万イエン金貨は偶然もらったもの。そう言ってしまいそうになって、イストファは黙り込む。黙り込んで……しかし、決意とともに顔を上げる。

「いえ、はい。ぜひお願いします。その好意に、甘えさせてください」

「かってえなあ。その年で鉄みてえに硬ぇのはどうかと思うね、俺ぁよ」

そう言うとフリートは、イストファから1万イエン金貨を受け取り、巻き尺で軽く身体の寸法を測る。

「ん、だいたい分かった。おいケイ！　この子を風呂に突っ込んでやれ！」

「はーい！　久しぶり、イストファ君！」

「あ、は、はい。久しぶりです、ケイさん」

自分と同じくらいに見えるドワーフの少女……実際には自分より上らしいのだが、それはともかく……そんな彼女にイストファが頭を下げると、ケイは悲しそうな表情を浮かべる。

「苦労してたんだね……ごめんね、助けてあげられなくて」

「い、いえ」

「じゃ、こっちだから」

そう言って手招きするケイに連れられて、イストファは小さな風呂場に入る。

「お風呂はお湯入れてないけど、汲み置きの水があるから、それ使って」

「あ、ありがとうございます」

「石鹸はそこね。頭、かなり汚れてるから、しっかり洗った方がいいかも」

「う……ごめんなさい」

「いいの。それじゃ、これ洗い布。またあとでね」

そう言って布を渡し、風呂場の扉を閉めるケイが遠ざかっていく音を聞くと、イストファはほうと息を吐く。

どうにも、人の善意に触れると緊張してしまう。そんな自分を少し嫌に思いながらも、イストファは汚れた服を脱いで身体に水をかける。

「……そんなに冷たくはないな」

昼間だし、ちょっと水が温くなったのかもしれない。そんなどうでもいいことを考えながら、イストファは濡れた手に石鹸をつけて身体を洗う。洗い布でごしごし擦ると汚れがボロボロと落ちていき、申し訳ない気持ちになりながらもイストファは汚れを足でちょいと押して排水溝へと押し込んでいく。

そうやってしばらく身体を擦って、頭をごしごしと何度も指で揉《も》む。指のとおりが悪かった髪の毛もそうしていると多少はマシになっていき、纏《まと》めて水で流す頃には、貴族とまでは言わずとも、一端《いっぱし》の市民くらいには見えるようになる。

「……ふう」

いつの間にか洗い場の外に置かれていた布で身体を拭《ふ》き、やはり置かれていた服に袖を通す。冒険者用の少し分厚めの下着と服。着心地は今まで着ていたものよりもずっとよい。ベルトを締めると、イストファは自分の気まで引き締まったような錯覚を覚える。

そうして扉を開けて店の方へと歩いていくと、つまらなそうに店番をしていたフリートが「おっ」と声を上げる。

「サッパリしたじゃねえか。ちゃんとした冒険者に見えるぜ？」

「え、えへへ。ありがとう、ございます」

「そんじゃ、短剣はこれで、袋はこっちだ。お前の持ってた小袋も適当にベルトに吊るしときな。で、靴はこれだ」

そう、イストファのつけているベルトは冒険者用で、物を引っ掛けるための仕組みがあちこちについている。短剣を差すための構造などは、その一番重要なものだ。

靴も多少古びていて中古だとは分かるが、今まで履いていたものに比べれば格段にいい。

「これって……すごく立派に見えます、けど……」

おそらく鉄製だと思われる短剣は、あのステラの持っていたものと似たような長さだ。長剣ほど長くはないが、ナイフほど短くはなく、取り回しの利く大きさ。それが短剣というものだが……イストファの目には、それはとても立派なものに見えた。

「どこがだ。そりゃあただの鉄の短剣だ。ま、造りはしっかりしてるから、大切に使えばかなり持つ。しっかり稼ぐんだな」

「……はい！」

短剣を腰のベルトに差すと、イストファは何度も頷き……そして、頭を下げる。

「ありがとうございます、フリートさん！」

「俺ぁもらった金以上のことはしてねえよ。ほれ、パンだ。ここで食ってけ」

手元の皿に載っていたパンをフリートが放り投げると、イストファはそれをしっかりとキャッチして「いただきます」と笑う。

口に入れたパンはほのかに甘く、その味に思わず涙する。金がなくて口に入れていた雑草などとは、段違いの味だ。

「泣くほどのもんでもねえが……いや、いい。ほれ、水飲め」

「……あびがどうございばぶ」

零《こぼ》れる涙を拭《ぬぐ》いながら、イストファはコップの水を飲み干す。

ようやく人に戻った。そんな気がしたのだ。

「……よし、今ならできる気がする！」

「お、その意気だぜ。で、上手く成り上がったなら、うちの店を宣伝してくれや」

「もちろんです！」

「カカ、まあ期待せずに待ってるぜ」

そう言ってひらひらと手を振るフリートに会釈して、イストファは1つの疑問をフリートへと投げかける。

「あの、フリートさん」

「なんだあ？」

「……その。僕がまじめ、だったから。だからこんなに優しいんですか？」

正直に言って、今までイストファは、フリートに優しくされた経験はない。だから、こうして好意に甘えてもなお、本当にいいのかという感情が生まれてきてしまう。

「なんだ。そんなもん、決まってんだろ」

そう言うと、フリートはふうと息を吐く。

「まじめに生きてて、最低限の金を持ってきた客だからだよ。まじめに生きてるからって理由だけで慈善事業するほど、ウチも儲かってはいねえわな」

「……なんか納得しました」

「おう、そうかい。ま、頑張りな」

「はい！」

一礼して店を出ると、イストファはいくつかのねばついた視線が自分に向けられているのを感じた。それが誰か、考えるまでもない。どういう意味を含んだ視線であるかも、考えるまでもない。「あれがあれば」と思われているのだ。

足早にその場を通り過ぎると、イストファは冒険者ギルドの建物に駆け込む。

「お、元気なガキが……って、お前。薬草採りの坊主じゃねえか。妙にサッパリしたな」

「え、あ、はい。ガンツさん、おはようございます」

「おう、昼過ぎだけどな。どうしたよ、何か景気のいい話でもあったか？」

「そういうわけでもないんですが……」

冒険者の男……ガンツにイストファが困ったように頬を掻きながら答えると、ガンツは大きな声で笑う。

「ま、お前もずいぶん苦労してたしな。そろそろ『こっち』に来てもいい頃だろうよ」

ガンツの言う「こっち」というのは、薬草採りや雑用ではなく、ダンジョンに潜ってモンスターを倒し、お宝を探すような仕事のことだ。

ほかに討伐や護衛などもあるが……この迷宮都市ではやはりダンジョン探索が花形だ。

「あ、それじゃ取りあえず薬草を納品しちゃうので」

「おう、頑張れよ」

「が、頑張ります！」

頭を下げて、イストファはカウンターへと歩いていく。

「こ、こんにちは！　薬草の納品に来ました！」

「はい、こんにちは。それでは確認させていただきますね」

職員は慣れた手つきで薬草を確認し、手元のトレイに載せて近くの職員に渡す。

「それでは、今回は90イエンです。内訳は確認しますか？」

「い、いいえ。大丈夫です！　それより、その……ダンジョンに関する情報って、いくらなんでしょう？」

イストファがそう聞くと、職員の女は少しだけ面食らったような表情になったのち、イストファを見て納得したように頷く。

「そうですね。ダンジョン1階層の地図情報でしたら2万イエン。1階層のモンスター出現情報は３０００イエン、モンスターの詳細情報は、１階層なら個体ごとに５００イエンから１万イエン。それと……」

「あ、いえ。また来ます」

とてもではないが、今もらった90イエンを積み立てますなどとは言えないレベルだった。

肩を落として冒険者ギルドを出ると、またねばついた視線が絡《から》みついてくる。

それから逃げるようにイストファは、ダンジョンへと向かう冒険者に声をかける。

「あ、こんにちはノルディさん！　今からダンジョンですか？」

「おお、薬草採りのガキじゃねえか。なんだ、カッチリして。ついに半人前ってか？」

「あはは……はい。ダンジョンに僕も潜ろうかと」

「ん？　そうか。じゃあダンジョン前まで一緒に行くか」

「はい、ぜひ！」

ノルディは快活に笑うと、ふと声を潜める。

「……で、よ。さっきからお前を監視してる連中、ありゃなんだ？」

ノルディが言っているのは、ねばついた視線の主……路地裏から見ている者たちだ。

「えっと……狙われてる、みたいで」

「ハッ。だから連中はダメなんだ。足を引っ張ることしか考えてやがらねえ」

ペッと唾を吐き捨てると、ノルディは辺りを睨みつける。

「オウ、このろくでなしどもが！　こいつに手ぇ出したらボコんぞ！」

そう叫ぶと同時に、彼らは脅えたように消えていくが……諦めたわけでもないだろう。

しかしノルディは取りあえずそれで満足したようで、軽く毒づきイストファへと笑う。

「ま、こんなもんだろ。んじゃ行こうぜ」

「えっと……ありがとうございます」

「気にすんな。お前がまじめに生きてることくらいは知ってっからよ」

だがまあ、とノルディはまじめな顔になる。

「ああいう連中に限らず、ろくでなしはどこにでもいるもんだ。銀級だろうとなんだろうとな」

「えーっと……」

もしかして、門で会った彼らが何かやらかしたのだろうか、と思いながらも、イストファは曖昧《あいまい》に笑う。

「お前も気を付けろよ。これからはほかの連中も警戒しとけ」

「はい」

「うし、んじゃ行くぞ」

ノルディのあとを追い、やがてダンジョン近くの露店市場へと辿《たど》り着く。

ちゃんと店を構えた商店街とは違い、行商人が露店を出す即席市場だが、売っているのは冒険者向けの薬や雑貨、食糧……果ては武器や防具などさまざまだ。

商店街のものより安い物も高い物もあるが、ここでイストファが武器を買わなかったのは、汚い格好のイストファが近寄っても、まともなものを売ってもらえるとは思えなかったからだ。

彼らは拠点を構えていないぶん身軽ではあるが同時にシビアでもあり、抜け目もない。

もしもイストファが先程の1万イエン金貨を差し出して何かを買えたとしても、今よりも数段落ちたものを買わされていた可能性が高かっただろう。

しかし、今はイストファも一端の……半人前冒険者に見える。商人たちの目も、汚いものを見る目ではない。全く目の奥が笑っていない笑顔で呼び込みをしてくる……まあ、全財産が90イエンだと知れば、すぐに手の平を返すだろうが。

「お、着いた着いた。そんじゃ、頑張って生き残れや」

「はい、ありがとうございます！」

ダンジョン前に着くと、ノルディは入口に立つ衛兵に銅の腕輪を見せて中に入っていく。

そう、彼が今入っていった洞窟の入り口のようなものが、迷宮都市の異名の由来となった迷宮……ダンジョンの入り口なのだ。

一説には世界の最奥に繋《つな》がっているとも、神の世界あるいはモンスターの王がいる場所に繋がっているともされるが……その秘密が解かれたことはない。

ある時、突然世界に現れたとされるいくつかのダンジョンのうちの1つであり、中にはどこまで続くのか分からない幾多《いくた》の階層。そして、無数のモンスターと煌《きら》びやかな、あるいは凄《すさ》まじい力を持った宝物が、尽きることなく発見される。それがこの、エルトリア迷宮なのだ。

だからこそ、ダンジョンに潜る冒険者は多少人格に問題があっても重宝される。

そんなだから、イストファにも浮かび上がるチャンスがあるのだ。

◆◇◆◇◆

「こんにちは！」

入口を守る衛兵にそう挨拶すると、衛兵は「ああ、イストファか」と笑う。

「君もついにダンジョンデビューか。装備は……うん、まあ……最低限ってとこか。無理するなよ」

「ありがとうございます」

イストファが頭を下げると、衛兵は「通ってよし」と声を上げる。

「あ、それと。魔石は忘れずに持って帰るんだぞ。だいたい心臓の辺りにあるから」

「え？　は、はい」

何のことか分からないながらもイストファは頷き「あの、魔石って……」と聞き返す。

「おっと、今のはサービスだ。あまり情報をタダで与えるなと言われてるんでな」

「はあ……分かりました」

「悪く思うな。そういうのも町の税収になるんだ」

「はい、分かってます。それじゃ行ってきます」

魔石は心臓、と繰り返しながらイストファはダンジョンの入り口を潜る。

岩の階段を降りていくと……草原のような場所に出る。

「え？」

確か、階段を降りてきたはずだ。それなのに、目の前には太陽の輝く草原が広がっている。

思わず振り向くが、そこには今降りてきた階段が確かに存在している。

階段の両隣は岩壁で……そのままずっと遥か先まで謎の岩壁は続いているようだった。

「なん、だ、これ……」

訳が分からない。そう思いながらも、イストファは前へと歩きだす。

草を踏みしめる感触は確かなもので、イストファの中を混乱が満たしていく。

高すぎて情報は買えていないが、それがこんなにも不安だとは。

歩いて、歩いて。やがてその先に、何かが歩いているのを見つける。

「人、じゃない……！」

緑色の肌に、イストファと同じか小さいくらいの体躯。手に持った棍棒《こんぼう》。

モンスター、ゴブリン。ダンジョンでは初遭遇《そうぐう》となるそれを見たイストファは、ゴブリンが自分に気付くよりも先に、短剣を鞘から抜き放つ。

「う、わあああああああ！」

「ギイ⁉」

叫びつつ走るイストファに気付いたゴブリンが叫び、棍棒を振り上げる。

そんなゴブリンを倒すべくイストファは短剣を突き出し、ゴブリンを刺そうとする。

しかし、ゴブリンの棍棒に払われて、思わず短剣を取り落としそうになる。

「ぐ、う……⁉」

「ギイ、ギア！」

「うあ！」

続けて振るわれたゴブリンの棍棒に吹き飛ばされ、イストファはごろごろと草原を転がる。

最弱のゴブリン。そんな敵にすら勝てない。その事実に心が折れそうになりながらも、イストファはよろめき立ち上がる。

ここで倒れたままでいても、何も変えられない。なら、やるしかない。ゴブリンを倒した先にしか、道はないのだ。

「やるぞ、やるぞ……やるぞおおお！」

「ギイアアアアアア！」

叫びイストファは走る。それに応えるかのようにゴブリンも走りだし……繰り出した棍棒のスイングを、イストファはすんでのところで回避して懐に潜り込む。

「ギ!?」

「こ、こだああ！」

今度は突き刺すのではなく、上から下へ短剣を振り下ろす。

ゴブリンを深々と切り裂いた一撃に、ゴブリンは悲鳴もあげずに倒れ込む。

「や、やった……？」

倒れたゴブリンを見下ろすイストファは、ほうっと息を吐く。

倒した。倒せた。その安堵にへたり込みそうになり……それでも、魔石のことを何とか思い出して、ゴブリンの近くに膝をつく。

「えっと、確か魔石……心臓の……」

そう呟いて、視線を移動させた、その瞬間、死んだはずのゴブリンが奇声を上げて起き上がる。

「う、うわ……!?」

「ギイイイイ、ゲアッ!?」

突然飛んできた何かに頭を吹き飛ばされて、今度こそ死体となったゴブリンが倒れ込む。

「油断しちゃダメよ、イストファ。ゴブリンの別名は初心者殺し。ずる賢いんだから」

ゆっくりと歩いてくる姿を見て、イストファはその名を呟く。

「ステラ、さん……」

「はあい。お金は有効に使ってくれたみたいね？　そうしてくれるって期待してたわ」

油断するなと言う割には腰の剣すら抜いていないステラではあったが、イストファはすぐに今ゴブリンの頭を吹き飛ばしたばかりの「何か」を思い出す。

きっとあれは……。そんなことを考えそうになり……しかし、言っていなかったことがあるのに気付き、イストファは慌てて短剣を仕舞い頭を下げる。

「あ、ありがとうございました！」

「いいのよ。私が勝手に助けただけだもの。人によっちゃ、余計な手出しをするなって文句を言われる場面よ」

「そうなんですか？」

あのままでは殺されていたかもしれない。それなのに文句を言う者なんているのだろうか？

イストファはそう思うのだが、ステラは何かを思い出すように何度も頷く。

「そうよ、すごいんだから。あのくらい対処できた！　ってね。そういう奴は次から放っておくことにしてるんだけど、生き残る奴は稀《まれ》ね」

「あ、あはは……」

どう返していいか分からず、イストファは愛想笑いをする。

まさか「そりゃ自業自得ですよね」なんて言うわけにもいかない。

「え、えーっと……そうだ。ステラさんもダンジョン探索ですか？」

「露骨に話を逸らすわね、君も」

「うっ」

「ま、いいわ。そういうとこは、君のいいとこだと思うし」

大切にしてね、と言いながらステラは、イストファの肩をポンと叩く。

「で、私はねえ。君を見に来たの」

「え？　キミって……え。僕？　ですか？」

「うん、そうよ。そろそろかなーって思って」

何がそろそろなのか。ステラの言葉が全く理解できず、イストファは首を傾げる。

「え、えっと……ごめんなさい。意味がよく分からないです」

「でしょうね。んー、なんて言ったらいいのかしら。そうね、もし君が、渡した1万イエン金貨を『自分の未来』のために使ったなら、そろそろここに来てるかなと思ったのよ」

その言葉に、イストファはますます頭の中が疑問符でいっぱいになってしまう。

自分の未来とか、「もし」とか。どう考えてもこうするしか使い道はなかったと思うのだが、ほかにどんな使い方があるというのか？

「え、えっと……ほかに使い方って、ある……んですか？」

「あら、そこからなのね」

「あ、いや。えーと。お酒がどうとか賭けごとがどうとか。そういうお話なら理解できるんですけど、僕はやらないから。だから、ほかにいい使い方があるのかなって」

イストファがそう聞くとステラは「なるほどね」と頷く。

「ま、そりゃそうね。いくら何でも、そこまでピュアじゃないか」

「あはは……そういう人も、その、結構見てますから」

「でしょうね。で、えーと……使い方に関しては、私の予想を上回ってるわよ。予算ギリギリで中古の剣を1本買ってくるだろうと思ってた。そんな小綺麗《こぎれい》になるとは思わなかったわ」

「あ、これは……その、お店の人が好意でおまけしてくれて」

自分の手柄じゃない。過大評価されてしまっていると、イストファは少し恥ずかしくなって顔を赤くする。けれど、そんなイストファの心の中を見抜いたのか、ステラはニヤリと笑う。

「そこよ」

「え？」

「そうなったのは、たぶん君の今までの生き方のおかげね。たぶん本当にまじめに生きてきたんでしょ？」

言われてイストファは、本当にそうだっただろうかと振り返ってみる。

まじめ。自分の今までの人生はまじめだっただろうか？

「あ、いや。まじめ……かどうかは……。この町に来てから、ずっと路地暮らしでしたし」

「まじめねぇ」

「うっ」

シュンとしてしまうイストファに、ステラは苦笑するように笑う。

「褒《ほ》めてるのよ？　普通、そういう生活してたら、大なり小なり荒むもの。自分がこうなのは世界が悪いんだー、ってね」

「そうなんですか？」

「そうよ？　たいていはそうして盗賊になったりするわね」

「盗賊……」

自分はそうならなかったと、果たして言いきれるだろうか、とイストファは思う。

昨日までの自分はそうであったとしても、明日の自分はどうだろうか？

いつかの自分は、昨日までの自分でいられたのだろうか？

「難しいこと考えてる顔ね？」

「うっ」

「ふふ、いいのよ。ところで、ちょっと地面見てくれる？」

「え？」

イストファは周囲の地面を見回すが、そこには青々とした草があるだけで何もない。

……そう。何も、ない。

「あ、あれ⁉　ゴブリンは……まさかあの状態から⁉」

慌てて短剣を鞘から抜こうとしたイストファは、ステラにその手を抑えられる。

「落ち着いて。流石にそれはないから」

「え。で、でも」

「普通に時間切れだから」

「時間切れ？」

「そうよ。ごめんね」

ごめんね、と言われても、イストファには理解できない。

時間切れでどうしてゴブリンの死骸が消えるのか。そこがまず分からないのだ。

「んー。ダンジョンってのは特殊な環境なのよね。ここにいるモンスターも普通じゃなくて、基本的に死骸が長時間残ることはない。取りあえず、それを覚えておけばいいかしら」

「そう、なんですか」

ステラに助けられたとはいえ、初めての戦果が消えてしまった。その事実を理解したイストファはそれが残念で、少しだけ悔しく思ってしまう。

これは明らかに自分の失敗だ。ゴブリンからの魔石の取り出しを優先することなどいくらでもできたのに、それをしなかったのだから。

「でも、魔石を狙うんじゃないなら……」

「ありがとうございます！　次からは気を付けます！」

「へ？」

「僕、次こそしっかりやります……それでは、失礼します！」

「あ、ちょっと……あー、もう行っちゃった」

走っていくイストファを見てステラは残念そうに息を吐くと、地面に落ちていた小さな欠片《かけら》のようなものを拾い上げる。

「……ま、いいか。またチャンスはあるものね」

そんな妙なことをステラが言っているとは夢にも思わないイストファは、草原を走る。

ステラにもらった情報は、とても有用だ。

ゴブリンはずる賢い。ダンジョンでは放置していると死骸は消えてしまう。

そして、ダンジョンにいるモンスターは普通ではない。

どれも、知らずにいていいものではないだろう。

「ゴブリン、は……っと！」

突然視界の先に現れたゴブリンの姿に、イストファは思わず自分の口を塞ぎ足を止める。

そこにいたのは、イストファに背中を向けて歩いていた1体のゴブリン。錆《さ》びたナイフのようなものを手に持っているが、呑気に散歩でもしているように見えた。

今までどこにいたのか、どうして見えなかったのか、分からないが……イストファはグッと体勢を低くすると、全力でダッシュする準備を整える。

「ギ？」

前方を歩いていたゴブリンがイストファに気付き威嚇《いかく》の声を上げるその前に、イストファは足に力を籠《こ》め、一気に距離を詰める。

「でやあああああ！」

「ギアッ⁉」

踏み込み、短剣を振り下ろす。その動きは先程よりも迷いなく、先程よりも鋭い。

自分でも思っていなかったほどの動きにイストファは驚くが……そこで油断はしない。

ゴブリンはずる賢い。ステラに言われた言葉が、イストファを突き動かし、さらなる一撃を繰り出す。

「グ、ガ……」

倒れたゴブリンに最後の一撃を突き入れると、イストファはわずかに離れてゴブリンを観察する。

寝ているのとは違う、ピクリともしないその身体を見て、ようやく「死んでいる」と確信する。

「……ふう」

これで大丈夫。そう安堵すると、イストファはゴブリンの死骸の近くに膝をつき、心臓があるだろう部分に短剣を突き入れる。

「あ、れ？　これは……」

本来生き物の心臓があるべきであろうそこには、心臓ではなく小さな赤い石のようなものが存在していた。

イストファの小指の先程の小粒で色が薄く、しかし自ら発光する不思議な石。

「これが、魔石……」

よく分からないが、すごい力を秘めているように見えるそれを、イストファは腰の袋に入れる。わざわざ衛兵が教えてくれたからには、たぶんこの魔石はなんらかの成果として数えてもらえるはずだとイストファは考える。ならば、これを集めれば結果に繋がるだろう。

そう考えていたイストファの目の前でゴブリンの死骸は消え、持っていたナイフも……何かが倒れていた跡すらそこには残らなくなる。

「……ほんとに不思議だなあ。どういう仕組みなんだろう」

不思議といえば、ゴブリンが突然現れる仕組みも不思議だった。

ダンジョンはそういうものなのだろうかと考えて、やはり違うとイストファは思う。

「……あのゴブリン、突然現れたっていうよりは『突然見えるようになった』って感じだった。これだけ天気がよくて見通しがいいのに、そんなことあるのか？」

冒険者ギルドで情報を買えば、その辺りも分かるのだろうか？

しかし今回は「お金を貯めて後日情報を買ってダンジョンに挑む」といったような手段はとれない。せめて安全な宿に泊まれるようにお金を稼いでおかなければ、失うものが多すぎるのだ。そればかりは、イストファは許容できなかった。

世界は優しくない。それが、イストファが冒険者を始めてから得た真実である。

けれど、思ったよりは優しいというのも……今日知った事実ではあった。

まだその辺りの整理はついていないが、理解できることはある。

たぶん……たぶん、なのだが。他人から優しさを向けられるには、最低ラインが存在している。それが「人」としての基準であり、イストファはかろうじてそのライン上にいるのだ。

だから、そこから滑り落ちることは許されない。少しでも上へ。例えば一流と呼ばれる冒険者になったなら、向けられる優しさはもっと多くなるはずだ。

そう、イストファは幸せになりたかった。そのために一流冒険者を目指す。これはその第一歩なのだ。

「とにかく、お金を貯めて宿に泊まる。それから、ギルドで情報を買う……よし」

やるべきことを呟き確認すると、イストファは短剣を握る。

よく分からないが、この場所では突然モンスターが見えるようになる。そして、今のところ出てくるのはゴブリンだけ。けれど、ほかのモンスターが出てこないとは限らない。

……ここから判断できる「すること」は、敵が見えないからといって走らないということだ。

今まで敵が見えないからと走っていたのは、あまりにも軽率だった。そして「するべきこと」

は、先制攻撃をできるようにすることだ。

イストファは戦闘訓練を受けたわけではないし、まともな戦いの経験を蓄積しているわけでもない。ゴブリン相手であろうと、初手をとられたら殺される可能性は充分すぎるほどにある。

ならば「できること」は……何か。

匍匐《ほふく》前進？　違う。見つかりにくくなるかもしれないが、瞬時に攻撃に移れない。

見つからないための行動なんて、心得すらない。

残されたのは、ただ一つ。「敵より早く動くこと」。これしかない。

「やるぞ……！」

短剣を握っていない手をギュッと握ると、イストファは先程とは違い、ゆっくりと次の一歩を踏み出す。

暗闇の中、ほかの人にぶつからないようにゆっくりと進むように。

周囲を注意深く見回し、見える広々とした光景に「本当にこれで合っているのか」と疑問符を浮かべながら歩く。

間違っているのか、合っているのか。それも今のイストファには判別できない。

だからこそ、少しでも情報を集められるようにイストファは全神経を周囲に巡らせる。

「……大丈夫だ、よな。けど……」

しばらくして、酷《ひど》く非効率だとイストファは思う。確かにこれなら、安全……のはずだ。けれど、稼ぐという目標からは遠くなる。この広い場所にゴブリンがどれだけいるのか分からないが、1日かけて小さな魔石1個というのは、稼ぎとしてはどうだろうか？

「やっぱり、普通に歩こう。走るのだけなしってことで」

そう決め直すと、イストファは歩く速度を少しだけ早める。それこそ、気楽な散歩程度のスピードに。これなら、何の問題もないはずだ。

そうして歩いていると、視界の先に3体目のゴブリンが現れる。けれど、それは運悪く、非常に運の悪いことに、イストファの方を向いていたのだ。

「ギイイイイ！」

「う、うわあ⁉」

真正面からの咆哮《ほうこう》をぶつけられたイストファは、わずかに退きそうになるも踏み止まり、ゴブリンを睨みつける。

負けない。ゴブリン相手にいつまでも手間取っていては、一流の冒険者など程遠い。

「う、うおおおお！」

走ってくるゴブリンに気合で負けないようにイストファは吠《ほ》え、迎え撃つように走りだす。

ゴブリンが持っているのは、汚れた長剣。武器のリーチでは勝てない。その長剣を高く掲げ、振り回すようにして走ってくるゴブリンに対し、イストファは低く短剣を構え、走る。

「で、やああああ！」

「ギイイイ！」

ゴブリンの剣が振り下ろされるその前にイストファはゴブリンの懐に入り込むと、一気に胸元に短剣を突き入れる。

「ガッ……」

「うわあああああ！」

短剣を引き抜き、ゴブリンを両断せんという勢いで振るい、切り裂く。

ゴブリンの手から長剣が落ちた音を聞きながら、イストファはゴブリンを押し倒すようにトドメの一撃を叩き込む。

「ふう、ふう、ふうう……」

荒い息を吐き、イストファはゆっくりと辺りを見回す。

その視線が向けられたのは、ゴブリンの持っていた長剣だ。さっきのゴブリンが持っていたナイフよりは綺麗で、それでも薄汚い長剣。そんなものでも、まともに当たればイストファは死んでいただろう。

もしイストファが懐に入り込むより先にゴブリンの剣が振り下ろされていたら、それだけで結末は変わっていたかもしれない。それほどまでに、リーチの差というものは残酷だ。

「……あの剣、持っていけないかな」

そう考えながらイストファは長剣を拾い上げる。漂ってくる臭い香りに少し顔をしかめるが、洗えば大丈夫だと気を取り直し……自分の横に置いて、イストファは魔石を取り出す。

先程と同じ大きさの魔石を見て頷くイストファの前で、ゴブリンの死骸と長剣がスッと掻き消える。

「え!? 消えちゃうの!?」

イストファが魔石を取り出した瞬間に、剣も消えた。これはつまり、武器を持ったモンスターを倒しても、その武器は手に入らないということなのだろうか。

それはずいぶんと意地悪な話だとイストファは思う。

「……はあ、仕方ないか」

魔石を袋に入れ、イストファは立ち上がる。

手に入らないものをいつまでも惜しがっても仕方ない。そう考えて、次のモンスターを探すために気持ちを切り替えた。

◆◇◆◇◆

「にしても、なんか、身体が少し軽いような……？」

疲れきってもおかしくないくらいに動いているはずだ。

なのに、まだ動ける。疲れているのは確かだが、それほどでもない……気がする。

正直、よく分からない。ひょっとすると、モンスターと戦うことで何か鍛えられているのではないだろうか、とイストファは考える。

「ま、いいか。それより稼がないと」

分からないことは、今は分からないでよい。そう切り替えてイストファは1歩歩いて、氷柱を背中に差し込まれるような悪寒を感じ、振り向く。

「え……」

そこにいたのは、ゴブリン。自分目掛けて短剣を構え走ってくる、その姿。

背後を狙われたのだと、イストファは気付く。最初のゴブリン相手にイストファがそうしたように、ゴブリンもそうしてきたのだ。

「こ、この……！」

短剣は手に持ったままだ。リーチも同じ。それなら、充分迎撃できる。

イストファは振り向き、ゴブリンを迎え撃つべく短剣を構えて、大丈夫だ、と判断する。さっきのゴブリンもこのゴブリンも、武器の扱いは上手くない。

精々、自分と同じかそれより下程度。「物も斬れる棒」程度の考えでしかないのは明らかだ。

けど、このゴブリンは、さっきのゴブリンよりも速い。懐に入り込むのは無理だ。

イストファはゴブリンの振り下ろしてくる短剣を弾いて隙を作ろうとした。

瞬間、嫌な予感がして後ろへと跳ぶ。そのわずか前に鳴り響いた、キインという音と衝撃。

そして、イストファは驚愕する。迎撃しようとしていたが故に、わずかに掠《かす》った剣先。

それが、綺麗に切り裂かれていたのだ。

「え……なっ!?」

切り裂かれた短剣の先とゴブリンを見比べ、イストファは唖然とする。

不良品。そんな言葉が一瞬頭に浮かんで「違う」と呟く。

「なんだ、あの短剣……」

ほかのゴブリンが持っていたものとは明らかに違う、綺麗に輝く短剣。柄に赤い宝石の嵌ったその短剣は、まるで美術品のようだった。

間違いない。間違いなく、あの短剣の仕業だ。あれがイストファの短剣を上回っているのだ。

「くそっ……これしか武器はないんだぞ……!?」

これを失ったら稼げない。それが分かっているだけに、歯軋りしそうになる。でも、もう先が欠けてしまった。この短剣で「刺す」のはもう難しいだろう。

なら、斬るしかない。

「だいたい、ずるいぞ、そんな剣……」

そんな言ってもどうしようもないことを、思わず口走ってしまう。

まともにやりあっても、武器の差で勝てないかもしれない。ならどうする？

逃げれば大丈夫だろうか。この場所が「遠くにいる敵が見えない」としても、それがモンスターに適用されるという確信はない。もし人間にだけそのルールが適用されているなら、逃げてもイストファに一方的に不利になりかねない。

なら嗚呼《ああ》……それならば結論は1つしかない。

「くそう……ここから逃げるのが、一番の悪手じゃないか」

やるしかない。既に目の前に襲い掛かってきているゴブリンの攻撃を、イストファは転がりながら避ける。隙を見せないように素早く起き上がり、イストファはゴブリンを睨みつける。

「逃げられないなら……倒すしかない」

その先にしか、未来はない。多少いい武器を持っていても、あれがゴブリンなら。

倒せないような奴は、一流冒険者になんてなれはしない。それならば。

「お前を……やっつけてやる！」

イストファは叫び、走ってくるゴブリン相手に短剣を投げつける。

「ギッ……⁉」

突然目の前に飛んできた短剣を、ゴブリンは慌てたようにしゃがんで避ける。

ちょっと考えれば、自分の短剣で迎撃すればいいと分かるだろうに、そうはしなかった。

それがゴブリンの知能の低さ故か、それとも本能によるものかは分からない。

けれど「そうしなかったこと」がゴブリンの最大の失敗であると……その顔面にめり込んだ、イストファの拳が証明していた。

「ギャッ⁉」

「ああああああああああ‼」

短い悲鳴をあげて、それでもゴブリンは短剣を手放さない。

仰向けに倒れたゴブリンの短剣を持つ腕を、イストファは何度も踏みつける。これで斬られたら死ぬ。その恐怖が、絶対に使わせないという決意と行動に繋がっていく。

「この、このこのこのお！」

「ギ、ギギギ……ギアッ！」

ゴブリンの手から短剣が落ちたその瞬間、イストファは短剣を蹴り飛ばす。

離れた場所に転がる短剣。それを目掛けてイストファは走り……数瞬遅れてゴブリンも起き

上がり走る。

イストファは、このままゴブリンを踏みつけても殺すことなどできない。

ゴブリンは、あの短剣が自分の「すごい武器」であると理解している。

あの短剣があれば勝てる。そんな想いを抱いたのは、両者ともに同じであったのだろう。先を走るイストファの服の裾をゴブリンは掴もうとするが、その手は何もない場所を薙《な》ぐに終わる。

「ギッ……!?」

イストファが転がり短剣を掴んだとゴブリンが気付いたのは、次の瞬間。

イストファが短剣を構え素早く起き上がろうとしているとゴブリンが分かったのは、その次の瞬間。

飛び込むようにして跳ね起きたイストファの短剣が自分に突き刺さったとゴブリンが知ったのは、そのさらにあと。

「ゲ、ア……」

トドメの一撃が、ゴブリンの命を刈り取った。倒れるゴブリンを見下ろしながら、イストファは先程までゴブリンのものであった短剣をギュッと握る。

この短剣が、欲しい。心の底からイストファはそう願った。買った短剣は破損してしまった。

直すにはお金が要るし、どのくらいかかるかも……そもそも直せるものなのかすら分からない。でも、この短剣があれば話は違う。元あった短剣を遥かに超える切れ味。

これが手に入るなら、魔石なんて要らない。

だから、だから。

「神様……この短剣を、僕にください」

そう願い、イストファは短剣を握ったままギュッと目を閉じる。しかし無情にも、短剣の感触はイストファの手の中から掻き消えた。

「くそっ……！」

やっぱりモンスターの持っている武器は手に入らないのだ。それを実感したイストファはガクリと膝をつく。

「……え？」

しかし、そこに落ちていたキラリと輝くものを目にする。

それは、1本の短剣。先程までイストファが握っていたものとも、破損したものとも違う。シンプルなデザインのその短剣を、イストファはゆっくりと拾い上げる。

「これって……短剣？　それも、新品の……？」

材質はよく分からないが、鉄だろうか。

柄には青い宝石が嵌っていて、ちょっと高そうだ。

それに何よりもキラキラ輝く新品の短剣は、前に持っていたものよりもなんだか素晴らしく見えた。しかし、そんなものがこんな場所に落ちている理由が分からない。さっきまでここにはなかった。なら、なぜ。

「神様が……僕にくれた、とか？」

冗談交じりにそんなことを呟きながら、イストファはその短剣をしっかりと握り立ち上がる。

先程投げてしまった短剣も回収しようと見回すが、どこにも見えない。

落ちた短剣の近くに行けば見えるのかもしれないが、あまり期待はできない。

「……フリートさんに謝らなきゃな」

大切に使えば長く持つと言われた短剣を、まさか初日で壊した上に、投げてなくしたとは彼も思っていないだろう。

怒られるくらいで済めばいいな……と少し憂鬱《ゆううつ》な気分になりながらも、イストファは手の中の短剣をチラリと見て、ニヤニヤしてしまう。

新品の、ちょっと高そうな短剣。なぜこんなものが手に入ったのかは分からない。けれど……想像はできる。

ひょっとすると、魔石をとらずに放置すると、魔石ではないものが現れるのだろうか？

次に現れたゴブリンを倒した時に放置してみれば分かりそうだが、予想が外れて何も残らなかったら、丸損になってしまう。今日のうちに確実に稼がなければならないイストファとしては、そのリスクは少しばかり許容し難い。

「……となると、まずは稼いで宿を確保してから試す、か……情報を買うか……だよな」

たぶん冒険者ギルドであればその情報を売っている。

というよりも、売っていないとは考えられない。その値段を聞いてからどうするか考えても遅くはないだろう。

「よし、まずは魔石を集めて稼ごう！」

そう決めると、イストファは歩きだす。

新しい短剣がある。ただそれだけの事実でイストファの心はウキウキとする。それでも投げた短剣のことを諦めきれずに投げた方向へと歩いてみる。するとそこには……先がスッパリ切れた短剣を眺めている男の姿があった。

それが先程投げた自分の短剣だと気付くと、イストファは男に声をかける。

「あ、あのー……」

「ん？」

イストファの声に振り返った男は、革鎧を身に着け、長剣を腰に差した小綺麗な格好だった。

髭《ひげ》もしっかりと剃《そ》り、温和そうな顔をした男は、イストファと短剣を見比べて笑顔を浮かべる。

「ああ、ひょっとして。これ、君のかい？」

「え、あ、はい。さっき投げて……その、ひょっとして何か……」

「ハハ、その返しは上手くないなあ。僕が、何かあったぞ、って言ったら君、どうするつもりだったんだい？」

「うっ」

確かに。迷惑料に金を払えと言われても、今のイストファはゴブリンの魔石を2つと、短剣しか持っていない。この短剣を寄越せと言われても困るし、魔石を寄越せと言われても困る。

「気を付けなよ。ダンジョンはいい奴ばかりとは限らない」

「え……」

「ここ、モンスターが突然現れたように見えるだろ？　僕も突然ここに現れたように見えたんじゃないかな？」

手の中で短剣をクルクル回して遊んでいる男に、イストファは頷く。

「は、はい。見える、ってことは、やっぱりそうじゃないんですよね？」

「もちろんさ。僕はさっきからここにいるし、モンスターも突然現れたわけじゃない」

「それって、その……一定以上遠くにいると見えなくなる、で合ってますか？」

「うん、合ってるよ。ちなみにその情報は、ギルドで2万イエンで買える『ダンジョン1階の基礎情報』に含まれるものだ」

「うぐ、高い……」

「ハハ、そのぶん、1回買えば一生使える知識だ。先輩へのコネのない新人にとっては貴重なものさ」

それはつまり、先輩冒険者へのコネがあれば、買わずとも教えてもらえるという意味なのだろうが……イストファには望むべくもない。

「だから、のどかな草原に見えるこの1階だけど……実はものすごく危険なんだ。『目隠しの草原』なんて名前がついてるくらいだからね」

「目隠しの草原？」

「ああ。実に分かりやすいだろ？」

確かに分かりやすい。こんなに広々と視界の開けた草原に見えるのに、その実、目隠しされたように「先」が分からない。実に考えられた名前だとイストファは思った。

「ところで、なんだけどさ」

「あ、はい」

「俺も教えてほしいんだけど、君のその短剣……」

「これ、は……ゴブリンを倒したら突然出てきたんです。ひょっとして、何かすごいものなんですか？」

イストファがそう聞くと、男は苦笑するように「うーん」と唸る。

「そこそこ、かな？　ゴブリンスカウトを倒すと、たまに手に入るやつだね」

「そこそこ、ですか」

「ああ。そうだな……店で買えば３万イエンってとこかな？」

「えっ」

凄まじい大金に思えて、イストファは自分の手の中の短剣を凝視してしまう。

この１本で３万イエン。１万イエン金貨で３枚の価値があるのだ。

「ま、大切にしなよ」

「はい、えっと……ありがとうございます！」

「いいんだよ。それと、これも返すよ。君のなんだろ？」

そう言うと、男は手に持っていた短剣の持ち手の方をイストファに向ける。

「ありがとうございます。武器屋で今日買ったばっかりで……流石になくしましたとは言いづらくて」

「ふふ、気を付けなよ。さっきも言ったけど、いい奴ばっかりじゃないんだ」

「ええ。でも今日はいい人に会えてばっかりです」

「そりゃよかった」

イストファが男から短剣を受け取ろうとした、その瞬間。チクリとした感覚とともに、身体に強烈な痺《しび》れが奔《はし》る。

「……えっ」

それが、男が隠し持っていた針による痛みだとい気付いた時には、イストファはその場に膝をついていた。

「じゃあ、まあ、俺が最初に会った『悪い人』になるかな」

「な、何、を……」

「単なる痺れ薬さ。ま、即効性で強烈。場合によっちゃ後遺症が残る程度の軽ぅいやつだ」

温和な表情のまま、男は嗤《あざわら》う。

「さっきも言ったけど、ここは目隠しの草原。どこかで何かをやってても、近くにいない奴には見えもしないんだ。それはつまり、どういうことかってえと……」

言いながら、男はイストファの手から短剣を取り上げる。

「油断してゴブリンに殺され食われた哀れな奴を演出しても、誰も気付きゃあしねえってこと

なんだなあ。何しろ転がってる人間の死体はゴブリンどものいい餌だからな」

「う、あ……た、すけ……たすけっ！」

「ハハハ、無駄無駄！　声だって遠くにゃ響かねえんだよ！　いやあ、残酷だよなあ！　新人はここで稼ぐっきゃねえのに、ここは『ちょっと運に恵まれた雑魚《ざこ》』から奪うにゃ最適の環境ときてる！」

ひとしきり笑うと、男はイストファから奪った短剣をジロジロと眺め回す。

「魔力の鉄短剣か。魔法の武器としちゃ外れの部類だが……需要がないわけじゃない」

「それ、は僕の……」

「おう、もう俺のだけどな。心配すんな、どこかの新人魔法士が上手く使ってくれるさ」

そう言ってもう一つの短剣を地面に放ると、男は腰の剣を引き抜く。

「そんじゃまあ、サクッと死んでもらおうかな？　なあに、慣れたもんだ。すぐに死ねるさ」

「い、やだ……」

なんとか動かそうとするが、イストファの身体はもうほとんど動かない。

わずかに動く指先で身体全体を引っ張ろうとしても、草を引っ張り地面を掻くだけだ。

死にたくない。こんなところで、死にたくない。

こんな死に方は嫌だ。誰か、誰か。

ボロボロと溢れる涙を見て、男は嘲笑する。

「ハハハ、泣くなよガキ！　ちょっと心が痛んじゃうだろ⁉」

「う、ぐ……いや、だ……！」

「かわいそうになぁ。こんなとこで死んでゴブリンの餌だ。同情するぜぇ」

言いながら、男は剣を振り上げる。その腕が、剣ごと地面に落ちた。

「……へ？」

「そうね、同情するわ。こんなとこで死んでゴブリンの餌だもの。かわいそうにねぇ」

男の背後から現れたのは、短剣を手にした１人のライトエルフの女……ステラであった。

「どこにでもバカはいるものよね。１階の情報を聞いて、そういうのが出るんじゃないかなーって思ってたのよ」

言いながら、ステラは男を無視してイストファの前に立つ。

「平気？　怪我はしてなさそうね？」

「あ、う……」

「痺れ薬かあ。こんな子供に使うかあ、普通？」

「え。お、お前！　俺の腕！」

「うっさいわね。ちょっとあっちで待ってなさい」

る。


「げぶっ!?」

ステラが振り返り男の顔面を殴ると、男は吹き飛び、イストファの視界から消える。

「ついでにこれもぽーいっと」

そんなコミカルな言い方でステラは落ちていた男の腕も放り、イストファへと笑顔で振り返る。

「ちょっと待っててね。片づけてくるから」

まるで食後に食器を片づけるような気軽さでステラもイストファの視界から消え……やがて、何事もなかったかのように戻ってくると、イストファの眼前に膝をつく。

「んー……このくらいなら魔法でどうにかなるかしらね？」

言いながら、ステラはイストファの額に触れる。

「キュアパラライズ」

額に触れる手から柔らかな緑色の光が溢れ、イストファは自分の中から痺れが消えていくのを明確に感じ取る。

それはステラの触れる額から身体全体へと広がっていくようで、やがて完全に痺れが消えた時、ステラはイストファの額から手を離し、優しく笑いかける。

「これで大丈夫のはずだけど……どう？」

「あ……」

ありがとうございます、と言おうとした。

しかし、イストファの口からはその言葉が出てこなかった。

助かったんだ、と、その安堵が嗚咽となって「ありがとうございます」のたった一言をじゃましていたのだ。

そんなイストファを見て……ステラはそっと抱き寄せ、ポンポン、と背中を叩く。

「もう大丈夫。何も怖くないわ」

「う、ひぐ……あ、あびがとうございます……」

「もー、律儀ね！　うんうん、いいのよ。大事なことだわ！」

泣いた。イストファはステラの胸に抱かれて、泣いた。

やがて涙が止まると、死にたくなるほど恥ずかしくなった。

クスクスと笑うステラに手を引かれ、腰の鞘に取り戻した短剣を収めて。

そうやって、ダンジョンの外へと出るのだった。

第2章　変わり始める少年

どうしてこうなった。

そんなことを考えられるようになったのは、ステラの泊まっている宿屋の部屋に連れて来られてからだった。

格式の高い部屋なのかベッドは大きく、置かれた椅子と机は高価そうだ。

そんな椅子に座りソワソワとしていたイストファは、部屋の扉の開く音にビクリとする。

「よ……っと」

ドアを開けたのはステラで、その手には温かそうな湯気を立てる2つのカップがあった。

「はい、ホットミルク。火傷《やけど》しないように飲んでね？」

「あ、ありがとうございます……」

今までの人生で飲んだこともないものを覗き込み、イストファは顔を上げて、向かい側の椅子に座ったステラを見る。

「あ、あの。ステラさん……」

「なあに？」

「その。助けてくれてありがとうございます」

「さっきも聞いたわよ」

「う、ごめんなさい」

「あ、別に責めてないわ。助けたのもお節介みたいなものだし」

あはは、と笑いながらステラは手をパタパタと振る。

「えっと……でも、その。僕、今お金ないから。出せるものもあんまりなくて」

「知ってる。薬草摘みしてた子からお金取るほど銭ゲバじゃないつもりだけど」

「う……ごめむぐっ」

「はい、ごめんなさいはなしでーす」

立ち上がったステラに手で口を塞がれて、イストファはムゴムゴと唸る。

「えーとね。そもそも君を探してたのにもちゃんと理由があるのよ」

「理由、ですか？」

「そ、理由。あのね、イストファ。なんとなく想像はつくけど、君、家族は？」

言われてイストファは、自分を追い出した故郷の家族を思い出す。

もう顔もあまり思い出せない。

「えっと……生きてるとは思います、けど。僕は口減らしで追い出されましたから」

「ふーん、うん。まあ、いいか。今後の夢とかはどう？」

「え？　夢？　え、えっと……一流の冒険者になりたいとは、思ってますけど……」

「ふむふむ。うん、いいんじゃない？　素敵な夢だと思うわよ」

何が言いたいのだろうと、イストファは疑問符を浮かべながらステラを見る。

考え込むような様子のステラがホットミルクを一口飲んだのを見て、真似するようにイストファもホットミルクのカップに口をつける。

やがてコトリと音を立ててステラがカップをテーブルに置いたのを見て、イストファも慌ててカップをテーブルに置く。

「あのね、イストファ」

「え。は、はい！」

「私のお婿さんになる気はない？　もちろん今すぐってわけじゃなくて、将来的に。長命になることも視野に入れての話なんだけどね」

「……え」

ステラが何を言っているのか理解できず、イストファの思考が停止しかける。

オムコサン。オムコサンとは、冒険の仲間か何かの隠語だっただろうか？

もしかして金級冒険者の間では、冒険のパートナーを夫婦関係に例えているとか？

「え、えっと。それって……その」

「夫婦関係のことだけど」

「その夫婦関係って、冒険のパートナー的な」

「人生のパートナー的な」

「……なんで、ですか？」

「そういう反応になるわよねー」

クスクスと笑いながら、ステラはカップの縁を指でなぞる。

「んー、なんて言ったらいいのかしら。そもそもエルフってのはね、難しい種族なのよ」

「はあ」

「魔法って、どんな力か知ってる？」

「すごい力だってことくらいしか」

「そりゃすごいわよ。魔法、つまり魔なる法なんだもの。人ならざる魔の力、すなわち魔力を使い、世界に新たな法則を築く力。それが魔法なの」

「え、えっと……はい」

「分かんなかったら分かんないって言っていいわよ」

「分かんないです」

「素直でよろしい」

頷くと、ステラは手の平を上に向け、「リトルファイア」と唱える。

すると、そこに小さな火が生まれる。宙に浮くその不思議な火を見つめるイストファにステラは「不思議でしょ？」と聞いてくる。

「あ、はい。すごく不思議です」

「そう、不思議なのよ。どこの誰も、これがどういう理屈でこうなるか分かんないの」

「えっ」

「魔力を変換して火が生まれる。それはいい。でも、どういう理屈で火になるのかはサッパリ分からない。火種もないくせに、この火はここにある。全ての理屈を無視して、この火はそれでもここにある。魔法ってのは、つまり『そういうもの』なの」

そう言われると、その不可思議さが実感となってイストファにも理解できてくる。

つまり、説明できないけど使えるもの、ということなのだろう。

「で、この魔法を使うための魔力ってのは特殊でね、エルフは生まれつきこの力を多く持つ種族であるが故に、ある欠陥を抱えているの」

「欠陥……って」

「同族同士では子供が生まれないの。それがどういう理屈かは分からないわ。魔力が高いが故に、子供が物質化しないのだって言う奴もいる。タコ殴りにされたけど」

なんか怖い台詞が聞こえた気がしたが、気にしないようにしてイストファは頷く。

「ともかく、私たちエルフは外から魔力の低いパートナーを見つけてこないと、遠からず絶滅するってこと」

「魔力が、低いって……」

「一目で分かったわ。イストファ、貴方……ものすごく魔力が低いの。たぶんゼロに近いっていうか……ゼロね」

「えっ」

それはつまり、魔法が使えないということではないだろうか？

つまりは、一流の冒険者という目標にも……。

「え、でも、多少の魔法くらいは……」

「無理じゃないかしらねー。リトルファイアも発動するか怪しいわよ」

突如《とつじょ》目の前が真っ暗になった気がしたイストファだったが……次のステラの言葉で、なんとか意識を取り戻す。

「でも、心配は要らないわよ。モンスターを倒せば、その魔力をわずかに吸収して、その人の持つ能力が強化されるの」

「そ、それなら魔力も！」

「ゼロはどう強化してもゼロよ？　土台がないんだもの。でも、魔力が伸びない代わりに、身体能力とかが強化されると思うわ。ゴブリンを倒したでしょ？　ちょっとは自覚ないかしら」

言われてみると、ゴブリンを倒したあと、身体の調子がよかったし、疲れにくかった。

あれがそうなのだろうか、とイストファは思う。

「言われてみると、そんな気も……」

「まあ、ゴブリン相手じゃ本当に『そんな気がする』程度の差でしょうけど。でも、魔法が使えなくても一流……どころか、超一流の冒険者になれる可能性はあるわ」

むしろ一つの道に特化するぶん、並の冒険者より早く強くなるかもしれないわね……などというステラの言葉に、イストファは思わずゴクリと唾《つば》を呑み込む。

それが本当なら、こんなに嬉《うれ》しいことはない。魔法が使えないのは少し、かなり、ものすごく残念だけれども。

「だから、貴方にその気があるのなら……冒険者として生きてく方法について教えてあげられるわ。もちろん、手取り足取りで甘やかす気はないけれど」

「生きてく、方法……」

「しかも、今ならお嫁さんもついてくるわ！　どう？　お得でしょ!?」

「え、それは、えっと。そもそも、なんで僕なんです？　魔力がないだけならほかにも」

「いるかもしれないけど、流石にゼロってのは特殊だと思うわよ？　それに魔力が低くて魔法使えないまま育った奴って、たいてい捻《ねじ》くれてるから。私、性格悪い奴とか犯罪者とかを『旦那様♪』なんて呼びたくないわ」

「え、えーと」

「それに比べたらイストファ、君はすごくいいわ。厳しい環境でも捻くれずまじめで、向上心もある。合格よ！」

　ビシッと指を立ててくるステラになんと答えればいいか分からず、イストファは「えーと……」を繰り返す。

「もしかして、ダンジョンで僕を助けてくれたのは……」

「そっちはまた別の理由もあるんだけど、ヒミツ。でもあそこでイストファが死んじゃっていいとは思わなかったから助けたのは本当よ？」

「別の、理由……」

「教えないわよ。で、どうする？　私のお婿さん目指して、頑張ってみる？」

　グイグイと迫るステラに、イストファは「えーと……」と答えに窮する。

　素直に「いきなりそんなこと、考えられません」と言ってもよかったのだが、なんとなく雰囲気で言えなかったのだ。

だからイストファは、別方向からなんとか返事を捻りだす。

「僕、まだ13なんですけど」

「ヒューマンの法律だと、成人は16からだっけ？　3年くらい待つわよ。身体がしっかり完成する20まで待ってもいいし。私はエルフだから、肉体も老いないし。互いに利益がある話でしょ？」

「ん……と」

「ただの冒険者で終わるつもりがないなら、私という指導役を得るのは大きなチャンスよ？それに最初は師匠と弟子の関係から始めて、ゆっくりと気持ちを育んでいくっていうのもアリだと……うん、アリね。アリだわ。どうして今まで思いつかなかったのかしら」

何やら怪しげなことを言い始めたステラに多少引きながらも、イストファは今の提案について考える。

夫婦関係はともかく、金級冒険者のステラという師匠ができるのは非常によい。あの盗賊男のような奴がほかにいないとも限らず、今のイストファでは狩られてしまうだけなのは間違いない。

そうした連中から身を守る手段を、ステラから学べるはずだ。

「あの……」

「ん？」

「夫婦がどうのっては、まだ僕には分かんないですけど、師匠には、なってほしいです」

「まずは師匠からってわけね」

「まずはっていうか」

「いいわよ。老いるほかの種族よりエルフの方がいいって、すぐに分かるもの」

「えーと……」

今度こそなんと答えればいいか分からず言葉を濁《にご》すイストファに、ステラはニコリと笑う。

「それじゃ、今から私と君は師弟関係ね、イストファ。でも気軽にステラって呼んでくれていいわよ」

「え、流石に呼び捨ては……」

「じゃあステラさん、でいいわよ。もし師匠、とか他人行儀な呼び方したら」

「し、したら？」

「その年で私のお婿さんになることになるわ」

「絶対言いません」

そこまで嫌がることないじゃない、とステラは頬を膨《ふく》らませてしまい、イストファは思わずクスリと笑ってしまう。

「あら、何よ。どこか面白かった？」

「え、いえ。その……こういう会話を楽しめる余裕ができるなんて思わなかったな……って、あー！　稼がないと！　宿代が！」

慌てて椅子から転がり落ちるように立ち上がり、部屋から出て行こうとするイストファを、素早く移動したステラが押さえる。

「弟子の宿代くらい師匠が面倒見るわよ。落ち着きなさい」

「え、でも」

「弟子の師匠に対する返事は『はい』よ、イストファ」

「……はい」

「よし！」

笑うステラに、イストファは少しドキリとする。

「じゃあイストファ、私のお婿さんになりなさい」

「はい、その返事はまたあらためてってことでお願いします」

「むう、意外にやるわね」

そう言うと、ステラはイストファをパッと離す。

「ま、いいわ。その辺はじっくりやっていくから」

「その、お手柔らかに願います……」

美人のステラに言われて嬉しくないわけではないのだが、夫婦とか言われても、正直よく分からない。姉弟とか言われた方が、まだ理解できるし……そう考えてみると、ステラの言動は「弟想いの美人なお姉ちゃん」にも見えてくる。

「さてと、それじゃイストファ」

「え。あ、はい」

「まずは冒険者ギルドに行って、パーティ登録しましょ？　そのついでに魔石か何かあるなら売ってきましょ」

そういえば、ゴブリンの魔石が２つある。それをあらためて思い出したイストファは、ステラに大きく頷く。

「あとは……これかしらね？」

言いながらステラが机の上に置いたのは、先端を切られたあの短剣。

「……そう、ですね。壊しちゃったって言いに行かないと……」

「違う違う、そういう話じゃないわよ」

「え？　それなら、その短剣が何か……」

イストファがそう聞くと、ステラは「んー」と軽く悩むように頷く。

「ちょーっとね。これをイストファに売った武器屋に興味があって」

「え？」

「別に不良品とかそういう話じゃないのよ。むしろいい物だし。でも、ちょっとね……」

言いながらステラは布に短剣を包み渡してくる。イストファは「はあ」と頷いて受け取るのだった。

◆◇◆◇◆

時刻はもう夕方で、依頼やらダンジョンやらから帰ってきた冒険者で混み始める直前といった頃合いだった。今はまだ冒険者ギルドは閑散としており、暇そうにしている職員があちこちに見受けられた。しかし彼らはステラを見ると一斉に姿勢を正し、その隣にいるイストファを不思議そうに見る。

まあ、当然だ。ステラは冒険者の中では高位ランクの金級冒険者であり、それだけ稼いでくれる……敬意を払うべき存在だ。対するイストファは、まじめなだけが取り柄の見習い冒険者。一体どうして一緒にいるのだろうと思われるのは、不思議ではない。

「気にすることないわよ」

そんな職員たちの視線の意味に気付いたのだろう、ステラはそう言うと、イストファを伴い「各種事務手続き」と書かれたカウンターへと向かう。

そこに座っていた男性職員はカウンターに手をついたステラに「よ、ようこそステラさん。どうされました？」と緊張気味に声をかける。それはステラが金級冒険者だからというのもあるだろうが……それ以上に美人であるからのようにもイストファには思えた。

「パーティ手続きをしたいの。私と、こっちのイストファ。2人よ」

「え。し、しかし、イストファ君はまだ見習いです。正式にパーティを組む条件は青銅級からでして」

「イストファ、魔石。見せてあげて」

「え？　あ、はい」

イストファが袋から2つのゴブリンの魔石を取り出すと、職員は疑わしげに魔石とイストファを見比べる。

「この大きさは……ゴブリンのもの、のようだね。君が倒したのかい？　2体？」

「あ、いえ、3体……それとよく切れる短剣を持ったゴブリンと、合わせて4体倒したんですけど、1体は魔石を取り忘れて消えちゃって、もう1体の死骸が消えた場所には、これがありました」

言いながらイストファは、あの盗賊男が魔力の短剣と呼んでいたものを鞘ごと置く。

確かゴブリンスカウトとか言っていたが、それを言うとあの男のことも話さなければいけない気がして、あえて誤魔化した。しかし、それに職員の男が気付いた様子はなかった。

カウンターに置かれた短剣を凝視し、「魔力の短剣……」と呟く。

「ドロップしたのか。ということは、ゴブリンスカウト……。君が1人で倒したのかい」

「はい」

ステラの介入を疑われているのだろうとイストファも気付いたが、そんな事実はない。

あのゴブリンスカウトは、確かにイストファが1人で倒したのだ。

自信とともに真っすぐに見返してくるイストファを見て、職員の男は頷いた。

「そうか、うん……いえ、はい。それではイストファ君、腕輪を出していただけますか？」

「え？」

イストファが困惑気味にステラへと振り返ると、ステラは「大丈夫よ」と頷いてみせる。

「外して、渡してあげて」

「は、はい」

そうステラに言われ、イストファは木の腕輪を取り出し、カウンターに載せる。

職員はそれを手に取るとどこかに収納し、真新しい青い腕輪を取り出し、カウンターに載せる。

「それではイストファ君。私たち冒険者ギルド、エルトリア支部は、君を正式な冒険者として認定し、青銅級冒険者の証である腕輪を貸し出します。皆さん、新たな仲間の誕生に盛大なる拍手を！」

大声を張り上げる職員の男の声に応え、ギルドの職員が一斉に立ち上がり拍手をする。

ギルドの中にいたほかの冒険者たちも「よっ、おめでとー！」とか「ようやくか、長かったな！」などと祝福の声を上げながら拍手をしていて、イストファは思わず挙動不審になってしまう。

こんなに盛大に祝われるのは、たぶん人生で初めてだ。だからなのか、理解が追い付かないのだ。キョロキョロと辺りを見回したイストファの視線は、やはりステラへと向けられた。

「こういうものなのよ。なかなか楽しいでしょ？」

「え、えっと……はい！」

拍手が鳴りやんだタイミングでイストファは「ありがとうございます、頑張ります！」と頭を下げる。

「おう、頑張れよ！」

「死なねえ程度にな！」

そんな声が冒険者たちから返ってきて、イストファはあちこちにぺこぺこと頭を下げるが、やがて、ステラにぐるりとカウンターへと向けて回転させられる。

「はいはい、キリがないから。それじゃパーティ登録お願いできる？」

「かしこまりました。それでは、パーティ名はどうされますか？」

「グラディオ」

「はい、ではその名前で登録いたします」

それを聞きながら、イストファは青銅の腕輪を嵌める。少し大きめではあるが、よほどのことがなければ落とさないだろう。

「えっと……グラディオって、どういう意味なんですか？」

「エルフの古い言葉で『大いなる大地』って意味ね。君の髪の色、大地の色でしょ？　ピッタリじゃない」

「ぼ、僕？」

「そうよ。いつかは私をリードできるくらいの男に育ててあげるつもりなんだから」

そう言うと、ステラはイストファの唇に自分の指を重ねる。

「あ、あはは……」

「あ、えーと……グラディオのお二方、登録が完了しました。当支部において、今後グラディオがパーティとして受けた依頼などの実績は随時記録されてまいります」

「うん、よろしく」

「それとイストファ君。君も青銅級冒険者になりましたので、簡単ではありますが、今後に関する説明があります」

そう職員の男に言われ、イストファは「はい」と答え、職員の男に向き直る。

「まず、今後君は青銅級冒険者として、冒険者ギルドの正式なギルド員として扱われます。その腕輪がその証ですが、同時に権利と義務が付随します」

ギルド組織としては最大級の戦力を保有している冒険者ギルドではあるが、それは世間における権力構造と関係はない。

冒険者であることはなんらかの権力を持つことではなく、また冒険者ギルドも冒険者を自らが権力を行使するために利用してはならないし、冒険者も利用されてはならない。

それを理解し行動することが、冒険者の義務である。

これは冒険者ギルドが各国にとって危険な組織と見做《みな》されないためであり、全冒険者が理解しておくべきものだ。

そして、冒険者の権利とは「冒険者ギルドからの支援」である。

冒険者ギルドは依頼を仲介し仲介料をとっている組織として、冒険者に各種の支援を用意している。

それは例えば仲間の斡旋《あっせん》であったり、情報の売買であったりする。

あるいは依頼に関してなんらかのトラブルがあった際に、冒険者ギルドによる仲裁を受けることもできる。

「次に、その腕輪にも関連するのですが、冒険者は功績によって表彰を受けることがあります」

それが等級制度であり、冒険者の信頼度の証明でもある。

まず最初に、イストファが今なったばかりの青銅級。ここから順番に銅級、黒鉄級、赤鋼級、銀級、金級、聖銀級……という順に繰り上がっていく。

これは単に実力だけではなく依頼達成度なども考慮されるため、単純に無茶をすればいいというわけではないと職員の男は説明する。

「それと、取引の仲介などもお受けできるようになります。例えばイストファ君の持っているその魔力の短剣ですが、魔法士の方から『鋭刃の短剣』とのトレード希望が出ています」

「え、っと……？」

「切れ味の上がる短剣よ。ぶっちゃけ、その魔力の短剣は君には合わないわよ？」

「え、でも」

「魔力の短剣はね、魔法の威力が少しだけ上がるの。でも……分かるでしょ？」

なるほど、確かにイストファには魔力がないから、魔法は使えない……らしい。

となると、トレードというのはよい手段に思える。

「あの、それって、もしかして……赤い宝石のついたやつですか？」

「よくご存じで。ああ、ひょっとして」

「はい、ゴブリンスカウトが持っていました」

「なるほど……ふむ。それはなかなかに難儀なパターンでしたね。それで、どうします？」

あの欲しかった短剣が手に入るかもしれない。

そう考えると、悩むまでもない。

「ぜひお願いします！　あ、でも。これがないと僕、武器が……」

「問題ありませんよ。鋭刃の短剣はこちらで預かっていますので、すぐにお渡しできます」

「そ、それなら……」

イストファが魔力の短剣をカウンターに再び置こうとすると、近くにいた職員が何事かをその職員の男にささやき……職員の男は「あっ」と声を上げる。

「……大変申し訳ありません。その取引はつい先程終了したようです」

「えっ。ええー……？」

「ご期待に沿えず、本当に申し訳ありません」

「ひっどいわねえ」

「申し訳ありません。以後、同様のミスがないように気を付けます」

頭を下げる職員の男にイストファは「あ、いえ。いいんです……」と答えるが、残念そうな表情は隠しようもない。

「で、そっちのミスの謝罪といってはなんだけど、イストファが稼いだゴブリンの魔石2個、少しは色を付けて買ってくれるんでしょ？」

言いながらステラが、机の上に載ったままのゴブリンの魔石を示してトントンと机を叩くと、職員の男は再度頭を下げる。

「申し訳ありません。自分にはその権限はありません。通常価格での買い取りとなります」

「こういう連中なのよ。最低でしょ？」

「あ、あはは……」

結局のところ、買取価格は2つで2000イエン。

命がけの対価としては低いが……それでも、今までで一番の稼ぎだった。

◆◇◆◇◆

「ところで、お2人はパーティとなられたわけですが……今、依頼をお受けになりますか？」

「え？」

「別に今はいいわ。塩漬けの依頼をガツガツ片づけるほど暇ってわけでもないもの」

「かしこまりました」

ステラと職員の男の会話についていけず、イストファは答えを求めて2人の顔を交互に見るが……その視線がステラに向けられた時、ステラがニコリと笑う。

「ん、んー。そういえば説明してないわよね。えーとね、冒険者ギルドでは『こいつらなら』と思う個人やパーティに依頼を斡旋することがあるの」

「依頼、ですか」

「そうよ。イストファだって、薬草の買い取りの時、クッソ高い仲介料を取られてたでしょ？」

確かに、取られていた。買取金額から仲介料を引かれるのはどうしてだろうとは思っていたのだが……。

「要はね、ここで買い取りしてるもののうち、日持ちしないものは、既に依頼を受けてる『買い手のついてるもの』と考えていいわ。特に薬草みたいなものは、需要は多いくせに供給は少ないから。イストファは、知らないうちにずいぶん役に立ってたはずよ？」

「ご推察の通りです。薬草採りは単価が安いので、やりたがる人は少ないですから」

「そ、そうなんですか」

イストファがそう相槌を打つと、職員の男は「ええ」と答える。

「特にイストファ君の採ってくる薬草は丁寧な仕事で評価が高かったですよ。それが手に入らなくなるのは、少し残念ではありますが……」

「だったら単価を上げりゃいいでしょうに。買い叩くから誰もやらなくなるのよ」

「高い薬草を買うくらいなら自分で育てるという薬師も増えまして。なかなか値上げできないんですよ」

「世知辛《せちがら》いわね」

「ええ。ですが、そのぶん需要の高まってる薬草もありまして。５０００イエンでその情報をお売りできるんですが」

「要らないわ」

聞きながらイストファは「ちょっと欲しいな」と思いながら黙っていた。

どのみち、欲しくても買えやしないのだ。

「さて、ここでイストファに問題よ」

「へ⁉」

突然ステラに言われ、イストファは驚いた顔をする。

「冒険者ギルドで塩漬けになってる依頼とは、どんな依頼でしょう？」

「え？　え？　えーと……塩漬けってことは長期保存だから……ずいぶん前から受けてる依頼ってことですよね？」

「うん、そうよ。それで？」

それが答えではないらしい。まあ、当然だ。

イストファは悩み、必死で考える。分かりません、と言うのは簡単だ。しかし、何の努力もせずにそう言って、ステラに呆れられるのが嫌だったのだ。

「えーと……」

イストファの視線は、ギルドの壁に貼ってある紙の群れに向けられる。

あそこにはさまざまな依頼書が貼りつけてあるはずだが……あれとは違うのだろうか？

それとも、あれの中の一部なのだろうか？

「その依頼って……あの中にあったりします？」

「あるかもしれないし、ないかもしれないわね」

「え？　うーん……」

分からない。けれど「分からない」で終わらず、何が分からないのかを必死でイストファは考える。

貼りつけてあるかもしれない、つまり多くの人の目に触れているかもしれないのに、長期間存在している依頼。長期にわたって解決しておらず、それでも解決を望んでいるということになる。だとすると……。

「何か達成のための条件が難しい、ってことですよね。あるいは、すごく時間がかかる割には儲からないとか」

「うん、正解。だいたいそんな感じよ。例えば、イストファはゴブリンスカウトから魔力の短剣を手に入れたけど、それは毎回手に入るってわけでもないわ」

「あ、はい」

「さっきソイツが言ってたみたいな鋭刃の短剣が手に入ることもあるし、別の短剣が手に入ることもある。ろくでもないゴミの場合もあるわ」

「う……そうなんですか」

とすると、魔力の短剣を手に入れた自分は運がよかったのだろうか？

そんなことをイストファが考えている間にも、ステラの解説は進んでいく。

「例えば、特に入手報告が少ないレアな物を欲しがってる依頼人がいたとして、それを入手できる敵が凄まじく面倒な割に儲からなかったりしたら……誰もそんな依頼は受けたがらないわよね？」

「はい」

「まあ、今のはザックリした例だけど、そういう感じよ……ということで、『ギルドが笑顔で斡旋してくる依頼には気を付けましょう！』分かったかしら？」

「は、はい！」

「あまり変なことをイストファ君に吹き込まないでほしいんですが……」

　苦笑するギルド職員の男に軽く舌を出して「あっかんべー」をすると、ステラはイストファを引っ張ってカウンターから離れた。

「さ、てと。それじゃあ今日は武器屋に寄ったら、あとはもう宿に帰りましょうか」

「え。もうですか？」

「そうよ？　今日は色々あったから、おしまい。だいたい君、聞いた限りじゃしっかり休めてないでしょ？　今日は身体を休めて、明日から頑張りなさい」

　明日から頑張る。なんだかそれは罪深い言葉のような気がして、イストファは少し嫌そうな顔になった。そんなイストファの頬を、ステラが抓《つま》む。

「このまじめっ子めー。今何考えてたか当ててあげましょうか。『今日頑張らなきゃ明日なんてない』。違う？」

「うぐ……違ってないです」

「その考えは正しいけど、間違ってるわよ」

言いながら、ステラはイストファを軽く抱き寄せる。

「あのね、イストファ。今の君に言っても、まだ綺麗ごとに聞こえるかもしれないけど、『明日のために今日の幸せを捨てていい』なんて理屈はないわ」

「え、でも。今日を頑張らない人は、明日も頑張れません……よね？」

「それが頑張らない理由になってる奴はね。でも、逆に考えてみるとどうかしら」

「逆、ですか？」

「そうよ、イストファ。『明日』は次の日には『今日』になるのに、『今日』を頑張り続ける人が辿り着くゴールは、どこにあるの？」

「え、いや、でもそれは……。今日を頑張ることで、明日の自分が少しだけ幸せに……」

「程度を知れ、って話よイストファ。君は今、それが『無理をする理由』になってる。君の中には今、その『幸せになって頑張らなくてもよくなる明日』はない。違う？」

違ってはいない。確かにその通りだとイストファは思う。

けれど、そんなことを言われても……目指す未来への道は遠くて。

「頑張らなくてもよい日」なんてものは、イストファの人生にはなかったのだ。

「それは危険な思考よ、イストファ。その思考のまま突き進めば、いつか転んだ時に立ち上がれなくなる。ゆっくりでいいから、修正していきましょ?」

「でも」

「師匠命令よ」

そう言われると、イストファとしては何も言い返せない。何しろ、目指す道の先にいる人の言葉なのだ。

「……分かりました、ステラさん」

「よし! 何度も言ってるけど、素直な子は好きよ!」

ぎゅっと抱きしめられて、ステラの着けている鎧の冷たい感触が伝わってくる。

とても綺麗で、侵し難い輝きを秘めた鎧。

それはまるでステラさんのようだ。イストファは、なんとなくそう思っていた。

「さて、と」

やがてステラはイストファから離れると、軽く身体を伸ばす。

「それじゃあ、武器屋に行きましょうか!」

「あ、はい。でも、本当に何をしに行くんですか?」

「色々よ」

そう言うと、ステラはイストファを促《うなが》し、建物の外へと歩きだす。

「い、色々……ですか」

「そうよ。イストファのこれからの戦い方のこともあるしね」

「これから……」

これから。これからはステラと一緒にダンジョンに潜るのだろうか？

見上げるイストファの鼻を、ステラはつつく。

「言っとくけど、私は一緒には潜らないわよ？」

「え？」

「あら？　イストファは私と一緒に潜って楽をするつもりだったのかしら？」

「え!?　い、いや。そんなことは！」

ちょっと足を速めるステラに追いつくようにイストファが走ると、ステラはクスクスと笑う。

「冗談よ。それに、そんなことしても君のためにならないもの」

「僕のため……ですか？」

「そうよ。さっきは助けたけど、あれも本来は自分で何とかすべきだったのよ。なぜかは分かる？」

イストファの歩幅に合わせてスピードを落としてくれるステラの横を歩きながら、イストファは考えて言葉を紡《つむ》ぐ。

「……頼っちゃうから、ですか？」

「その通りよ。いざという時に私が助けられるのが普通になると、そこから進歩しない。窮地を自力でどうにかしようという思考が、死んじゃうの」

「そうですね。誰かに頼れると思うと、それに寄り掛かってしまうかもしれません」

路地裏に永住を決めた落ちぶれ者たちが、まさにそれだ。彼らは何者かが自分に手を差し伸べるのを常に待っている。あるいは……奪おうと狙うのを自力救済と呼ぶのであれば「自力でどうにかしようという思考」があるのかもしれないが。

「とはいえ、死んじゃったらそれで終わりだから、さっきは助けたんだけど……もう、油断しないでしょ？」

「それは……もちろんです」

「うん、いい子ね。もう『知った』と思うけど、ダンジョンでの死因は大きく分けて2つ。すなわち『油断』と『裏切り』よ」

油断、は分かる。ゴブリンが死んだフリをしていたのもそうだし、あの盗賊男だってそうだ。しかし裏切りというのが分からず、イストファは横を歩くステラを見上げる。

「あの……裏切り、っていうのは？」

「味方のフリをして騙《だま》す連中よ。さっきのバカもそうね」

「ええ、と、あんな人……多いんですか？」

「多いわよぅ。うんざりするくらいいる、とされているわ」

「されている？」

ステラの言葉が完全には理解できず、イストファは首を傾げる。

「区別がつかないの。モンスターにやられたのか、味方のフリしたクソ野郎にやられたのか」

そう、ダンジョンはもともと命がけの場所だ。全滅すればモンスターに死体を食い荒らされ、わずかな痕跡しか残らない。そしてそれは「本当にモンスターに殺されたのか」も分からないということでもある。

「え、でも、そういうのって、バレないんですか？」

「バレる時もあるわね。でも死んだ冒険者の装備を持って帰ってきたのか、殺した冒険者の装備を持って帰ってきたのか……どう判定するの？　って話よね」

「それは……」

確かに分からない。本人が言い張れば、それはもうどうしようもないだろう。

「さっきのクソ野郎を見ても分かるでしょ？　売っても10万イエンにも満たない装備を、強力な麻痺毒を使って奪いにくる。それはね、それで採算が取れるからなのよ」

「そう、なんですか？」

「そうよ。あの手の毒は安いから」

「えっ、安……？」

「安いわよ。だってあんな毒、モンスター相手なら雑魚にしか効かないもの。しかもダンジョンのモンスターを狙えば、ある程度の確率で出てくるゴミ。錬金術師どもがモンスターに効く毒を調合するために買い取ることもあるけど、そうね……イストファに使った程度なら、200イエンもしないかしら」

それを聞いて、イストファは絶句する。そんなものが、そんなに安く売っている。あまりにもおかしな話ではないだろうか？

「そんなのおかしいって顔ね？」

「え、それは……まあ」

「でもね、事実ゴミなのよ。だって、冒険者でもある程度のベテランなら効かないのよ？」

「そう……なんですか？」

「そうよ。体内に吸収されたダンジョンモンスターの魔力が毒への抗体になるんだ、っていう学者連中もいるけど、実際はどうかしらね」

でもそのせいで、商人や王侯貴族連中もダンジョンに護衛を引き連れて潜るらしいわよ、とステラは笑う。

「衛兵連中もダンジョンに潜って多少は鍛えているでしょうから、効かないし。そうなるとますます価値は……ねえ？」

「そうですね」

「つまり、そんな毒が効くのは、ダンジョンに潜らない一般庶民くらいってことね。高値がつくはずもないでしょう？」

一般庶民の命は安い。つまりはそういうことなのだろうとイストファは思う。

「……なんだか、それは」

「悲しい？　酷い？　でも、それが世の摂理よ、イストファ。正義は万人にもたらされるものではなく、故に誰もが自分の価値を高める努力をしなければならない……君はそれをよく知ってると思ったけど？」

知っている。

イストファは確かに、それをよく知っている。

世界は優しくはない。それが、世界の真実だ。

「……ステラさん」

「何？」

「もし、僕が」

そう、もし。もしイストファが、あの金貨を。

「あの金貨を冒険者としての支度に使っていなかったら……どうしてましたか？」

「そこまでのご縁だったわね。言ったでしょ？　私、努力できる真っすぐな子が好きなの」

何の冗談も含んでいない、澄んだ視線がイストファを貫いた。

思わず、ゾクリとした感覚をイストファは味わった。

本気でステラはそう言っている。

そしてこれは、ステラから示されたボーダーラインでもある。

もしイストファがステラに頼りきりになって努力を諦めたら……その時、ステラは容赦なく、イストファの元から去るだろう。

「大丈夫よ、イストファ。君が君でいる限り、私は正しく君の味方でいるから」

「……何おかしな会話してんだ、てめえら」

そんなフリートの言葉に、イストファはハッとしたような顔になる。

フリート武具店。いつの間にかその前に着いたらしく、店の前に仁王立《におうだ》ちしていたフリートに、イストファとステラは妙なものでも見るような目で見られていた。

「あ、えっと……フリートさん、こんにちは」

「おう、だがもう『こんばんは』って時間だとは思うぜ」

冗談めかして肩をすくめるフリートに、イストファは「あ、こんばんは……」と言い直す。

「おう、こんばんは。で、どうした。そっちのエルフの姉ちゃんはなんだ？」

訝しげな顔で見られていると気付いたステラは、笑顔でヒラリと手を振ってみせる。

「こんばんは。イストファの師匠になったステラよ」

「師匠ぉ？　なんだ、何企んでやがる」

「あら酷い」

「ったりめえだろうが。お前、この町で見たことねえから新顔だろ？　それが新人冒険者の師匠だあ？　まさか初心者狩りじゃねえだろうな」

「ふーん……狩られるような武器を渡した自覚があるの？」

「え？」

思わぬステラの言葉に、イストファは思わずフリートとステラを交互に眺める。

笑顔を浮かべるステラとは対照的に、フリートはチッと舌打ちすると「入れ」と告げてくる。

「え、えっと……？」

「入りましょ、イストファ」

「は、はい」

促されるままにイストファは店に入ろうとして、この店の近くに来てから強くなった視線を感じ、ちらりと振り向こうとする。

「放っておいていいから。行くわよ」

それは、あのねばついた視線。それを振り切るように、イストファはフリート武具店の入り口を潜る。そうしてフリートが店のカウンターの椅子に座ると、ステラは「イストファ、壊れた方の剣出して」と伝えてくる。

「あ？　壊れただあ？」

「うっ、ごめんなさい。えっと……」

「見せてみろ」

カウンターを叩くフリートに促されるままに、イストファは布に包まれた短剣を取り出してカウンターへと置く。

「……なるほどな、スッパリいってらあ。さては何か特殊な武器を相手にしたな？」

「たぶん、ですけど。鋭刃の鉄短剣ってやつなんじゃないかと……思います」

イストファがギルドでの話を思い返しながらそう答えると、フリートは頷きながら顎《あご》を軽く撫《な》でる。

「ほー、そりゃまた運が悪かったな。で、その腰に提げてんのは魔力の鉄短剣か。魔法剣士でも目指すつもりか？」

「この子、魔力ないわよ？」

「そりゃ難儀だな。とすると、そいつは持ってるだけ無駄だな」

「え」

持ってるだけ無駄。そこまで言われるとは思わず、イストファは愕然とする。

「魔力の鉄短剣ってのはな、初心者の魔法士が持つ……あー、そうだな、『魔法の杖として使える短剣』って感じだ。それ以外の性能に関しちゃ、ハッキリ言って剣の形をしたナマクラだな」

「そ、そうなんです……か？　でもあの時ゴブリンが持ってた鋭刃……赤い宝石のついたやつは」

「そりゃ、鋭刃っつー能力のせいだな。あれは切れ味が上がるから、そのせいで一端の短剣ぶってやがるんだ」

これだからダンジョン産の武器はよぉ、と愚痴《ぐち》るフリートに、ステラはカウンターをトンと叩いてみせる。

「何言ってんのよ。貴方がこの子に渡した短剣だって、迷宮鉄で造ったやつでしょ？　こんなもん、１万イエンで買えるとは思えないけど」

「ハッ、コイツは性能からしてみりゃ間違いなく７０００イエンだ。ただ単に、売る奴を選ぶ

だけだ」

「出たわよ、この客を選ぶ思考。これだからドワーフってのは」

「それをエルフに言われたかねえな、この選民主義者が」

「何よ、やるっての」

「お、やるか？」

「あのー……」

困ったようなイストファの言葉に、フリートとステラは同時に言い争いをやめる。

「ああ、すまねえな。この武器が気になるって話だったか？」

「え？　ええ、まあ」

「確かにそこのエルフの言う通り、こいつぁ迷宮鉄……要はダンジョン産の武器を鋳潰《いつぶ》して鍛《きた》えたやつだ」

「あの、そうすると……何か違うんですか？　強くなったり……」

「いや、迷宮鉄なんて大仰な名前がついちゃあいるが、鉄だからな。剣としての切れ味は、普通の鉄で造っても変わらん」

「でも、それだけじゃないでしょ」

「まあな」

イストファは、ステラの言葉に疑問符を浮かべる。

それだけじゃない。では何かほかにあるのだろうか？

「イストファ。ダンジョンの仕組みについては知ってるか？」

「え？　えーと……」

「ダンジョンのモンスターを倒すと、その魔力を吸収してわずかに強くなるって言われてるやつだ」

「あ、はい。それならステラさんから……」

「詳しい話は省くがな。ダンジョン産の品々は、ダンジョンの持つ魔力でできている、とされてるんだ」

「え……」

イストファは、自分の腰に提げている魔力の鉄短剣を見る。どう見ても新品のキラキラした短剣だが……これが魔力とかいうものでできているのだろうか？

「ダンジョンのモンスターが倒すと消えるのも、外のモンスターと色々と違ってるのもそのせいだと言われてる。どうしてそんな風になってんのかは、誰も分かんねえんだがな」

「魔石もそうね。外のモンスターは、倒してもそんなものは手に入らないのよ」

「そうなんですか」

「おう。で、ここからが本題だ。ダンジョン産の武器にはとんでもねえ逸品もあるが、ナマクラも多い。それに我慢ならなかったどこぞのドワーフが、鋳潰して違う武器を造ったんだがな」

そこでフリートは咳払いすると、声量をわずかに抑える。

「……その武器はモンスターを倒して魔石を砕くと、その魔力をわずかに吸収する性質を持ってやがったんだ。これがどういう意味か分かるか、イストファ」

魔力をわずかに吸収する。それを聞いて、イストファは思う。

「まるで……人間、みたいですね？」

「その通りよ、イストファ。君がそこのドワーフに売りつけられたのは通称『迷宮武具』。色々と拗らせた連中が使う、わずかではあるけど成長の可能性を秘めた短剣よ」

「実際にゃ、ダンジョン産の強ぇ武器に乗り換えた方がいいんだがな。迷宮武具を実戦レベルにまで引き上げたなんて話は、数えるほどしかねえ」

「そんなものを、どうして僕に……」

イストファがそう聞くと、フリートは軽く肩をすくめてみせる。

「知ってるか？　武器ってのはな、メンテも大事なんだ」

「え、と。はい」

「けどお前、何かあったとして、メンテする金も、メンテの間に使う代わりの武器を買う金もねえだろ？」

「うぐっ」

「だが迷宮武具なら、モンスターを退治すりゃ、多少の傷程度なら直る。そいつを来た時に教えてやるつもりだったんだが……」

言いながらフリートは、短剣のスッパリ斬られた剣先を撫でる。

「もう1回言うけどよ、相手が悪かったな。まあ、この程度ならゴブリン倒してりゃ直るだろうけどよ」

「直る？」

「おう」

「こ、この状態から直るんですか!?」

「そう言ってんだろ」

剣先のなくなった短剣を見つめ、イストファは絶句する。この短剣がそんなにすごいものだとは、思ってもいなかった。自分で直る剣なんて、あまりにもすごすぎる。

「そんなにすごいのに……７０００イエンでいいんですか？」

「おう。そもそもな、お前。迷宮産の武具ったって、普通の鉄屑みてえなもんも死ぬほどあるんだぜ？」

「そ、そうです……ね？」

「そいつを鋳潰して叩いてできた武器って程度の話だ。安く買い叩いたもんで造ってるぶん、原価でいえば下なくらいだわな」

その辺りは、イストファにはよく分からない。分からないが……フリートのような専門家が言うなら、そうなのだろうか、とも思う。

「それでも、ありがとうございます。こんなよいもの……」

「んー、まだイマイチ分かってねえだろ。あー、そうだな。例えばだ、イストファ。そいつを斬った鋭刃の鉄短剣、欲しかったろ？」

「うっ」

手に入ったら使おうと思ってました、とは言えず、イストファは言葉に詰まる。

「カカカ、別に構わねえよ。つまりな、そういうもんだって言ってんだ」

「そういうもん、ですか」

「おう。迷宮武器なんて妙なものを育ててたら稼ぎも出ねえし、モンスターから出る武器に乗り換えた方が楽で強いのは明らかだ。事実、世に出てる名のある剣の多くはダンジョン産だしな。そういうものを手に入れる機会を逃してまで迷宮武器を育てる価値があるかっつーと、な？」

なるほど、とイストファは思う。迷宮武器を育てるにはモンスターを倒して、その魔石を砕かなければならない。それは道具や武器ではなく魔石を選び、なおかつそれを放棄することだ。つまり、そのモンスターから得られるかもしれなかった全ての稼ぎが無になるのだ。

裕福であればともかく、普通の人間がそんなことをしていたら、あっという間に金が尽きるだろう。しかも、そこまでして得られるリターンは普通に稼ぐよりも少ないかもしれない。

これは非常に問題だ。

「あの……実戦レベルにまで引き上げた話が、あるってことでしたけど」

「お？　まさか育てる気か？」

「えっと……それもいいかなって」

「やめとけやめとけ。何しろ、全員『その後の話』を聞かねえんだ。どういう意味かくれぇ分かるだろ？」

「死んだ、ってことですか？」

「あるいは諦めたか、ね」

後ろからステラがそう言って、肩をすくめる。

「壊れても直る武器。その程度の認識にしておいた方が無難よ、イストファ」

「そうですか」

「そのエルフの言う通りだな。で、それより問題は、当面の武器だな。流石に刺突のできねえ短剣1本ってのも不安だろう」

そう言うと、フリートは魔力の鉄短剣をじっと見つめる。

「……イストファ、この魔力の鉄短剣、売る気はあるか」

「えっ」

「さっきも言ったが、魔力がねえなら持ってるだけ無駄だ。下手に武器として期待しても死ぬ確率を増やすだけだし、そんならここで売って、別のもんを買った方がいい」

その言葉に、イストファは考える。フリートもステラも、魔力の鉄短剣は持っていても無駄だと言う。

……この2人は、信用できる人物だ。だから、きっと本当に「そう」なのだろうと、イストファは判断する。確かに売った方が正解なのだろう。

「分かりました。ここで売ります」

「おう、毎度。値段は……そうだな、1万6000イエンってところか」

「えっ⁉」

「不満か？」

「確か、お店で買うと3万イエンするって聞いたん、ですけど」

「まあ、そうだろうな」

そう言うと、フリートは「ふむ」と頷く。

「その辺はまあ、買取価格と販売価格の差なんだが……そうだな。要は、コイツを買うことで俺の店にかかる負担、それを取り戻すまでの諸々……そういったものを換算するとそうなるってわけだ。嫌ならそれでもいいが……どうする?」

一応色は付けてるんだぜ、と言うフリートに、イストファは「分かりました。それでお願いします」と答える。

「ん、いいのか?」

「はい」

あの盗賊男から「店で買えば3万イエン」などと聞いていなければ素直に「そんな高値で」と喜べたのかもしれないが……まさに祟《たた》られたと言えるのかもしれない。

しかしイストファはそうは思わず、「変なことを言っちゃった……」と自分を恥じていた。

1万6000イエンはすごい金額なのに、一瞬でも少ないと思ってしまった。それが、とても恥ずかしかったのだ。

「そんじゃ、こいつで1万6000イエンだ」

言いながらフリートは、カウンターから魔力の鉄短剣を取って棚に置くと、代わりに1万イエン金貨を1枚、そして1000イエン銀貨を6枚カウンターへと置いた。それを見て、イストファはゴクリと喉を鳴らす。

1万イエン金貨の黄金の輝きは、今日見たばかりだ。

自分を「本当の冒険者」へと変えてくれた1万イエン。その輝きが今、再び自分の前にある。

「で、だ。こいつで何を買うかだな。もう1本短剣をサブ武器として持つのが妥当だが……俺としちゃ盾も勧めたいね」

「盾、ですか」

「おう、こいつは想像なんだがよ、イストファ。お前、鋭刃の鉄短剣を、自分の短剣でどうにかしようとしたんじゃねえのか？」

「え、あ、はい」

「だろうなあ」

イストファの答えに、フリートは大きく溜息をつく。

「まさかそうしろって、そこのエルフに教わったのか？」

「教えてないわよ」

「あ、はい。教わってないです……その、何か間違ってましたか？」

イストファの質問にフリートは軽く顎を撫でて「うーん」と唸る。

「究極的には間違っちゃいねえんだがよ。基本的には間違ってんな」

究極的には間違ってはいない。基本的には間違っている。

一見矛盾しているようにも思えるフリートの言葉に、イストファは思わず「え？」と聞き返してしまう。

「間違ってないのに、間違ってる……ん、ですか？」

「おう。つまり、技量の問題だな。剣ってのは基本的に攻撃のための道具であって、防御のための道具じゃねえんだよ」

例えば英雄譚のごとく、剣で鍔迫《つばぜ》り合う戦いをしたっていい。あれはあれで合理性のあるものだし、ベテランにはそうする者も多い。盾など煩《わずら》わしいと言う者だっているし、両手剣を持っていれば、盾は確かにじゃまだろう。しかしながら盾が万人にとって不要かといえば、決してそうではない。

「その最大の理由が、お前の短剣に現れてるわな。盾があれば、そいつはそんな風にはならなかった」

「うっ……」

確かにその通りだ。例え一瞬でも、イストファは自分の短剣でゴブリンスカウトの鋭刃の鉄短剣を弾こうとした。もし寸前で身を引いていなかったら、ゴブリンスカウトの一撃はイストファから短剣という武器を完全に奪っていたかもしれなかったのだ。

「とはいえ、盾があれば完全に防げたと言いたいわけでもねえ。要は剣と盾のどっちが犠牲になれば『まだ戦えるか』って話であって、理想を言えば、最高の防御は受け流しなんだ」

「受け流し……できるんでしょうか」

「できるさ。そうでなきゃ、自分より強い武器を持ってるダンジョンモンスターが出てきた時は、皆一律で死ぬしかねえ。そうだろ？」

確かにそうだ、とイストファは思う。自分もゴブリンスカウトを倒せたし、もっと深く潜っている冒険者たちは、ゴブリンよりも技量が高いモンスター相手に勝利を収めているのだ。

「そこのドワーフの言う通りよ、イストファ。武器の強さは勝利の決定的要因たり得ないわ。例えば、そうね……」

ステラはそう言うと、中空に指を彷徨《さまよ》わせる。

「イストファが、なんでも切り裂く伝説の剣を持っていたとしましょう」

「そんな剣ねえよ、バカじゃねえのか」

「うっさいわね」

ケッと悪態をつくフリートを睨むと、ステラはイストファへと視線を戻す。

「だいたい、なんでも切り裂いたら鞘にも入らねえだろうが。もっと現実的な例えにしろや」

「あー、もう！　うっさいわよドワーフ！　例えだって言ってんでしょうが！」

「ハッ！　技量に合った武器じゃねえと意味がねえってだけの話に、くだらん例えを持ち込むんじゃねえよ！」

「なんですって、この！」

「あ、あのー……そのくらいで……」

イストファが困ったように間に入ると、フリートもステラも渋々といった様子で声量を落とす。

「ともかく、そういうことよ、イストファ。技量を高めれば、さっきの話にあった『受け流し』みたいなこともできるようになるわ。でもそれまでは防具に頼るというのは確かに一つの手よ」

「なる、ほど……でも、それなら全身鎧で固めるというのがいいんですか？」

店の隅に置かれている鉄製らしき全身鎧を見てイストファが言うと、ステラは「うーん」と声を上げる。

「それはイストファ次第かしら。戦闘スタイルなんてものは人の数だけあるものだし」

「そもそも全身鎧は高ぇぞ。お前が今見てる全身鎧……ありゃあ鉄製だが、1セットで70万イエンもする」

「え……、そんなにするものなんですか？」

「おう。何しろ鎧で全身護るってことは、機動力を犠牲にするってことだ。かといって、機動力を確保するために薄い鎧にするんじゃ、今度は鎧の意味がねえ」

結果として全身鎧は、どんな材料を使おうとも厚くなる傾向にある。そうなると当然それだけの筋力が必要となるし、それでもかなり動きが遅くなる。自然と武器も一撃必殺を求めるようになっていき、戦闘スタイル自体が非常に限定されるのだ。

ただしそのぶん、簡単な攻撃は通さない程度の防御力による安定感を得られる。

「だからまあ、全身鎧ってのはとにかく高ぇ。うちにもあるにはあるが、基本的には専門店で扱う代物だわな。知ってるか？　鋼鉄製の全身鎧は安くても２００万イエンかららしいぜ」

「す、すごいですね……」

「おう。弓士や魔法士なんかはウッドメイルを使う場合もあるが、ありゃ例外だしな」

そう言うと、フリートは咳払いをする。

「ともかく、だ。盾があれば戦闘の幅は広がる。ある程度は遠距離攻撃を防げるし、盾を犠牲にして相手の攻撃力を測ることもできる」

言いながらフリートは、壁にかけてあった盾を取り、カウンターの上に置く。

「例えばコイツだ。どう思う？　ああ、手に取っていいぞ」

言われてイストファは、その盾に触れる。

お盆程度の大きさの、小さな丸盾だ。総鉄製に見えたが、裏をひっくり返すと木を貼り付けてある。いや、これは木の盾に鉄を貼り付けたというのが正しいのだろう。打たれた鋲が、その推測が正しいとイストファに教えてくれていた。

「これって……」

「バックラーってやつだな。動きを阻害せず、かつ初心者が持つ盾としては充分な性能を持ってる。機動力も落ちねえから、一つの答えではあるわな」

言われて、イストファはじっとバックラーを見る。確かにこれがあれば、短剣は犠牲にならなかった。まあ、その代わりバックラーは犠牲になっていただろうが……その先の戦術への組み立ては早かった、かもしれない。

「どうする？　このバックラーなら３０００イエンだ」

言われて、イストファは考える。考えて……やがて、首を横に振る。

「いえ、盾は……今は持ちません。使った経験のないものを、そんなに上手に使える自信はありませんから」

「そうか？」

「はい。盾を使うにもたぶん技術が必要ですから。せめて武器に慣れないと、たぶん……どっちも半端になります」

イストファがそう言うと、フリートは「ふむ」と息を吐く。

「なるほどな、そりゃそうだ。となると……軽鎧の方がいいな。どうする？　俺のお勧めは革製だぞ」

「革？」

言われてイストファは、知り合いの冒険者たちを思い返す。彼らは皆金属製の鎧を身に着けていた気がしたのだが……。

「おう。最終的には金属鎧がいいが、革は重くねえからな。硬革鎧なら多少の矢や剣程度なら防げるし、機動力を少しでも上げようってんならいい選択肢だ」

「はあ……」

「それにお前、なんだかんだでまだガキだからな。鉄鎧なんか着込んでも、あんまり動けねえと思うぞ」

その通りだろうとイストファは思う。イストファの今の戦闘は跳ねたり転がったりと、正直に言ってあまり華麗なものではない。鉄鎧でそれが阻害されてしまっては、まさに中途半端となるかもしれない。

「えっと、ちなみにお値段は……」

「鎧だけなら調整込みで７０００イエン。肩当てとアームガード、レッグガード、手入れ用品もつけたフルセットなら1万イエンだ」

言いながらフリートは、カウンターの上にナイフを1本載せる。

「今なら、このナイフもおまけにつけてやろう。サブ武器としちゃ貧相だし、余った鋼鉄で造った代物だが……それでも切れ味はそれなりにいいぞ」

また1万イエン。剣先が切られたままになっているのは不安ではあるが……この鎧とナイフがあれば、自分はさらに変われるだろう。

そう考えた時、イストファはカウンターに置かれた硬貨の中から、金色の輝きを放つ1万イエン金貨をフリートの方へと押し出していた。

◆◇◆◇◆

調整は意外にも簡単に終わり、少しの時間ののちにイストファは、フリートから習いながら革鎧を身に着けていた。着てみると意外に臭いはなく、着心地も悪くはない。

「うん、なかなか似合ってるじゃねえか」

「ありがとうございます、フリートさん」

「礼を言われるこたあしてねえ」

鎧を着ると、イストファはより一層「本当の冒険者」らしくなったような気になってくる。

もちろん、過信は禁物だが……今ならゴブリンスカウトにだって危なげなく勝てる気がした。

「……そういえば、なんだけど」

「まだ何かあんのか、エルフ」

店の外を見ていたステラにフリートは面倒そうに応じるが、次の言葉に盛大に舌打ちする。

「貴方がさっき外に立ってたのって……もしかして、物陰にいる連中が原因？」

言われて、イストファは店の外に目を向ける。

すると……確かに、いた。店の外、物陰や路地裏に、いくつかの人影がある。

「……まあな。うちの商品を狙ってるみてえだが、そう簡単にはさせねえわな」

「それって……」

僕のせいですか、と言おうとしたイストファを、フリートは腕を突き出して制する。

「お前のせいじゃねえよ。連中が今までやらかさなかったのが不思議なくれえだ」

そう言って、フリートはフンと鼻を鳴らす。

「ま、心配するこたぁねえさ。この界隈《かいわい》は衛兵もしっかり巡回してるし、店の扉を閉じりゃ何の問題もねえ」

食い物屋はウチの比じゃねえぞ、とフリートは冗談交じりに言ってイストファの肩を叩く。

「お前は自分のことを心配しとけ。人様のことを気にできるほど立派になっちまったのか？」

「え、いえ。それは……」

そんなに立派な人物になどなれてはいない。なれてはいないが……それでも、気になるのだ。

「その、フリートさんにはお世話になって、ますから……」

「ハハ！　世話なんかしてねえよ。だいたい、持ってきた金に応じていくらでも親切にならぁな！」

「……それでも、感謝してます」

フリート武具店との縁がなければ、イストファは1万イエンを上手く使えたかどうか分からない。だから、イストファは本当にフリートに感謝しているのだ。

「まじめだなあ。ちいとばかし心配になるぜ」

そう言うと、フリートはガリガリと頭を掻く。

「いいか、イストファ。恩を感じるのはいいことだ。だがな、あんまし囚《とら》われすぎんなよ。エルフみてえな一目で分かる性悪連中に付け込まれるぞ」

「え、いえ。それは」

「ちょっと、イストファに妙なこと吹き込まないでくれる？」

抗議の声を上げるステラにケッと再度悪態をつくと、フリートはイストファの肩を再度叩く。

「ま、もうちょい気楽に生きろ、ってこったな！　ほれ、人様の心配してる暇があんなら、無事に宿に帰りな！」

「は、はい」

「そうね。じゃあ帰りましょうか、イストファ」

「あと、そのエルフには早めに見切りつけとけよー。エルフなんざに関わってもロクなことぁねえぞ」

「このクソドワーフ……」

最後の最後まで睨み合うと、ステラはイストファをグイグイと押すようにフリート武具店を出る。

「全くもう。だからドワーフって嫌いなのよ」

「えっと……エルフとドワーフって仲、悪いんです……か？」

「悪いわよ。なんかこう、生理的に合わないのよね」

どうしてかしらね、と言うステラに、イストファは「はあ」と返事を返す。生理的とまで言われてしまっては、イストファにできることはあまりない。そして、今はそれよりも……突き刺さる視線の方が気になっていた。

「ステラさん……」

「気にしなくていいわよ。襲って来やしないわ」

そう言うと、ステラは路地裏を睨み……ただそれだけで、路地裏にいた者たちは逃げていく。

「でも、1人で出歩く時は気を付けた方がいいわね。できる限り明るい道を歩くのよ」

「はい」

「たぶん連中が狙ってるのは君だから。今なら奪える……とまあ、そんなところかしら」

それを覆すには、強くなるしかない。奪われたら、また戻ってしまう。それはイストファにとって許容できることではない。

「僕……もっと、強くなります」

「お、いいことね。でも明日からよ、明日から。今日はさっさと寝なさい」

「はい、明日……頑張ります！」

そう言って拳を握るイストファの頭に、ステラはポンと手を載せて撫でる。

「うんうん、いい子ね。応援してるわ」

頭を撫でられる。そんなことをされた記憶はイストファの中にはない。貧乏農家の「どうでもいい子供」であったイストファには、タダで使える労働力以外の扱いをされた記憶はない。

だから、今撫でられているのがどういう意味を持つのか理解するのに……少しの時間がかかってしまった。

「あ、あの、ステラさん……」

「なあに？」

「僕、そんなに子供じゃないです」

「そう？　じゃあ、やめる？」

言われて、イストファは少しだけ悩んでしまう。ステラのクスクスという笑い声に、カッと顔を赤くする。

「ステラさん……酷いです」

「ふふ、ごめんごめん。許して」

言いながら再び頭を撫でてこようとするステラの手を避けながら、イストファは少し早足で歩く。

暗闇に潜む不穏のことは、もう気にならない。イストファの中にあるのは、ステラへのちょっと子供じみた不満と……明日を見据える真っすぐな心だけだった。

◆◇◆◇◆

宿屋、星見の羊亭。迷宮都市の中では3番目か4番目くらいに高級な宿屋であり、ステラが泊まる宿でもある。

迷宮都市には数多くの宿屋がある……というか、宿屋だらけだ。それは、迷宮都市がその名の通り、迷宮に潜り戦果を持ち帰る冒険者によって潤う町だからであり、そうなれば当然町の産業も、それを軸に回るようになる。

その代表格が宿屋であり、高い宿から安い宿まで色々あるわけだが……その最安値の宿にも泊まれていないなかったイストファには、まさに別世界のような宿でもあった。

温かいお風呂、美味しい食事……ステラにしてみれば「ま、こんなもんね」らしいのがイストファには理解できない感覚だったのだが、それはさておき。

すっかり日も落ち、一部を除けば誰もが眠りにつく時間となっていた。

「ふぁ……それじゃ、そろそろ寝ましょっか」

「おやすみなさい、ステラさん」

ベッドに入り込むステラに挨拶すると、イストファは部屋の隅に転がって目を閉じる。

屋根のある場所で寝られるのは、本当に久しぶりだ。一体いつ以来だったか。確か家を出てからはずっと野宿だったはずだ。そう考えると、ここで寝られるのはなんて幸せだろうか。

明日はきっといい日になると、そんなことを考える。すると、何者かにつつかれる。

振り向くと、そこには呆れた顔のステラが立っていた。

「そんな端っこにいるから何してるのかと思えば……」

「え？　あ、ひょっとして、この場所だとじゃまでしたか？」

「……んー、こりゃ重症だわ。よいしょっと」

ステラはその細腕に似合わぬ力でイストファを持ち上げると、ベッドに放り投げる。

「え。うわっ!?」

ふかふかのベッドの上に乗ったイストファは、慌ててベッドから降りようとしてステラに阻止される。

「あ、あの。僕がベッド使ったらステラさんは……」

「いいから、ちょっと詰めてね」

イストファを少し押しながらステラは横に座ると、イストファの頭を軽く撫でる。

「明日以降は2人部屋も空くみたいだけど、今夜は仕方ないわ。さ、寝ましょ？」

「え？　えっと……」

戸惑うイストファを、ステラは無理やりベッドに寝かせて、胸元をポンポンと叩く。

「はいはい、遠慮とかいらないから。さっさと寝るの」

「え。ええ!?　で、でも。え？」

「『でも』は、なしよ。私がいいって言ったらいいのよ。はい、おやすみ」

言いながら目を閉じるステラに、イストファは小さく「はい」と答える。少しでもステラの迷惑にならないようにちょっとだけ隅に寄って、イストファも目を瞑る。

「……おやすみなさい、ステラさん」

思い返せば、今日は信じられないことの連続だった。

ステラとの出逢い。もらった一万イェン金貨。初めてのダンジョンと、盗賊男。そして、今までの自分ではとうてい達成できなかったほどの稼ぎ。

何もかもが順調では、もちろんない。使えないわけではないが、短剣は早速欠けてしまったし、ダンジョンではステラに2度も助けられた。けれど、それでも、着実に前に進めている。薬草採りだけでは進めなかった場所へ、イストファは進めている。

ならば、明日はもっと。明後日はもっと。その先は、もっと……もっと先に進めるはずだ。

そうすれば、いつかきっとイストファも一流の冒険者になれるだろう。色んな人に好意を向けてもらえて……きっと、幸せになれるはずなのだ。

幸せ。そう、きっと自分は幸せになりたいのだとイストファは思う。自分の手で、幸せを掴みたいのだ。それにはきっと、一流冒険者になるのが近道であるはずだ。

「……」

背後から聞こえてくる寝息に、イストファは思う。

結婚だなんだというのは、ステラがどこまで本気なのか、イストファには分からない。魔力の話もエルフの話も聞いたが、それが本当かどうかすらもイストファには分からないのだ。でも、ステラがこうして親切にしてくれているのは事実だ。イストファは、この町に来てから一番の幸福を味わっている。

……だからこそ、怖い。怖くてたまらない。

ステラはきっと、いつでもイストファを測っている。今は気に入られているかもしれないが、ある日突然そうでなくなる可能性だって、充分にあるのだ。そしてその時、自分で立つ力がなければ……待っているのは、あの路地への転落だ。そう考えると、自然と身体が震えてくるのをイストファは感じる。

……だからこそ、イストファはやらなければならない。自分の力で、自分を幸せにできるようにならなければならないのだ。

「……やらなきゃ。そうしなきゃ、幸せになれないんだ」

呟きながら、イストファは眠ろうと固く目を閉じる。

望む幸せ。その意味も形も、いまだ分からないままに。

与えられたことがなかったからこそ、その素晴らしさを夢見て……イストファは眠りの世界へと旅立っていった。

第3章　ダンジョンの少年たち

そして、次の日。イストファとステラはダンジョンの入り口の前に立っていた。

「じゃ、行ってらっしゃい。無事の帰りを願ってるわ」

「はい、行ってきます！」

宣言通り、ステラはイストファと一緒にダンジョンに潜らない。

手を振るステラに見送られ、イストファはダンジョンの階段を降りる。

そうして辿り着いた第1階層「目隠しの草原」は、今日もよく晴れた見通しのよい草原であるように見える。しかし、イストファはもう知っている。のどかで雄大な光景はただの見せかけで、その実はモンスターの姿が覆い隠されている凶悪な場所なのだ。

それを知っているからこそ、イストファはもう油断しない。

剣先が切られたままの短剣を抜き放ち、イストファはチラリとその刀身に視線を落とす。

フリートは、ゴブリンを倒して魔石を砕けば直ると言っていた。しかし、逆に言えば、それまでは「斬る」ことはできても「刺す」ことはできない。おまけにもらったナイフを使えば刺すことはできるが、どの程度戦闘で通用するかは疑問だ。

それはしっかりと自覚しておかなければならない。いざという時に「刺す」つもりで動けば、それが決定的な隙になるかもしれない。

「……よし、大丈夫。行こう！」

自分の中で「今の自分にできること」を整理すると、イストファは歩きだす。

気負わず、急がず、着実に。

そうして歩いていると、突然目の前に、棍棒を振りかぶるゴブリンの姿が現れる。

「ギイイイイ！」

「うわっ⁉」

振り下ろされる棍棒をイストファはすんでのところで回避し、ほぼ無意識のうちに短剣をゴブリンの伸ばされた腕に向けて振るう。

「ギャッ⁉」

腕を斬られたゴブリンは棍棒を取り落とし、庇《かば》うように腕をひっこめる。しかし、そんな動作には意味がない。

戦うのであれば棍棒を拾うべきだったし、逃げるのであれば身を翻すべきだった。そして、どちらも選ばなかったゴブリンは……大きく開いた身体に、イストファからさらなる追撃を受ける。

縦一閃《いっせん》。大きく踏み込み、深々とイストファは斬り込む。

既にゴブリンとの戦いも数度目。ゴブリンスカウトとの戦いも経た今、「ただのゴブリン」に対する恐怖はほとんど消えた。着込んだ革鎧も、勇気の一助となったのだろうか。

とにかく……イストファの一閃は、ゴブリンを切り裂いた。さらにもう一閃。

それでも止まらない。ゴブリンはずる賢い。ステラの教えてくれた知識が、イストファに妥協を許さない。

「ギ、ガアアアアア！」

叫んでイストファを掴もうとしてくるゴブリンを見て、イストファは「やはり」と思う。

油断はしない。油断はできない。それほど、自分は強くない。だから、既にイストファのもう片方の手には鋼鉄のナイフが握られている。衝動のままにナイフを繰り出し、ゴブリンへと深々と突き刺す。そして、それで終わり。

ゴブリンは大地にその身体を投げ出し、草むらの上をバウンドする。

「ふー……」

吐き出す息、一つ。最初よりはずっと戦えるようになったと、イストファは思う。でも、まだまだ弱い。一流冒険者など程遠い。そんなことを考えながら、イストファはゴブリンの近くに膝をつき、ナイフで魔石を取り出す。

「これを、壊せばいいんだよね……」

ゴブリンの魔石を壊せば、稼ぎはゼロだ。

しかし、いつまでも短剣をこのままにしておくわけにもいかない。意を決すると、イストファは地面に置いたゴブリンの魔石に短剣を振り下ろす。

パキン。思ったよりも軽い手応えとともに魔石は消滅し、イストファの短剣へと光の粒のような何かが吸い込まれていく。

短い時間でその現象は終わり……イストファは、短剣の先をまじまじと眺める。

「……多少は直った、のかな？」

もともと剣先を切られた程度ではあったが、その切られた剣先が少し元に戻っているような、そうでもないような……そんな気がした。しかし、繰り返していれば直るのだろう。

あるいは、ひょっとすると……あのゴブリンスカウトのような強いモンスターを倒せば、ひょっとすると。そう考えて、イストファはブルブルと首を横に振る。

「ダメだダメだ、変なこと考えちゃ。堅実に行かないと」

そう呟いた、矢先。

「うおおおっ!?」

イストファの側に、何もない場所から何者かが突然現れ、転がり出てくる。

いや、違う。「見えない場所」から「見える範囲」にやってきたのだ。

イストファは反射的に短剣を構え、その何者かを素早く観察する。

髪は、よく整えられた短い赤髪。身に纏うのは高級そうな黒いローブで、手に持っている金属製の杖には宝石が嵌っている。そんな高価そうな装備を草塗れにしながら転がってきた……

おそらくはイストファと同年代くらいに見える少年は、その場でガバリと身体を起こす。

「そ、その恰好……同業か⁉」

「え？　えーと……」

驚くくらいに整った顔つきの少年は、後ろを振り返り叫ぶ。

「説明している暇はない……手伝え！」

「え、手伝えって？　え？」

「チッ……伏せろバカ！」

そうして、何もない場所に突然大人の手の平大の火球が現れる。

投石と同程度の速さで襲い来るそれを……イストファは、大きく身体を動かして回避する。

「これは……魔法⁉」

「ファイアの魔法だ！　ここまで言えば分かるだろう、来るぞ！」

「いや……分からないけど。え⁉」

まさかまた盗賊が。そう考えてしまったイストファの前に現れたのは……1匹の、杖を持ち鹿の頭蓋骨のような何かを被った、不可思議な格好のゴブリンであった。

「ゴブリン……いや、違う⁉　魔法士のゴブリンか！」

「ゴブリンマジシャンだ！　ていうかお前、伏せろって言っただろうが！」

「そんなこと言ってる場合じゃ！」

ゴブリンマジシャンが杖を振ると、再び先程の火球が虚空に生まれ射出される。それは地面に伏せた少年を狙っており、反射的にイストファは少年を蹴り飛ばす。

「ぐはっ⁉」

転がっていく少年が先程までいた場所を火球が焼き、イストファは素早く短剣を構えて走る。

魔法の発動の仕組みなど、イストファには分からない。分からないが、あの杖を振った時に火球が現れた。それなら、振る前に倒してしまえばいい。そう考えたイストファだが……走りだしたイストファにゴブリンマジシャンも当然気付いている。

「ギッ！」

叫ぶと同時に杖を振り、火球がイストファに向かって飛んでくる。

「うわっ！」

幸いにも、さほど大きな火球ではない。ないが……速い。イストファは火球が放たれると同時にサイドステップで回避し、ゴブリンマジシャンに接敵し、短剣を振るう。

「ギャ……ッ!?」

全力の一撃はゴブリンマジシャンを深々と裂き、ひるんだその隙にもう一撃を加える。

「もう、一つ！」

グラリと大きく揺れて倒れ行くゴブリンマジシャンに、イストファは素早くナイフを抜き放ち突き刺す。

斬り、刺す。ゴブリン相手に磨かれてきたイストファの必勝パターンだが、その動きはイストファ自身が気付かないうちに少しずつ洗練されてきていた。

そして倒れたゴブリンマジシャンを見て、イストファは小さくガッツポーズを取る。

普通のゴブリンじゃないゴブリンを倒した。それはイストファの中で確かな自信に繋がった。

「ねえ、そこの人！　大丈夫ですか!?」

イストファは先程自分が蹴ってしまった少年を振り返り声をかける。既に立ち上がっていた少年は、厳しい顔でイストファに叫ぶ。

「バカ、油断するな！　ファイターが来るぞ！」

「ファイター……？　う、うわっ!?」

何もない場所に突然現れた、イストファに向かって走ってくる一体のゴブリン。いや、「可視範囲内に入った」と言うべきだが、斧を構え金属製の胸部鎧を着込んだゴブリンが、奇声を上げてイストファへと斧を振り下ろす。

「くっ……！」

こんなもの、受けられるはずもない。イストファは素早くバックステップで避けようとするが、避けきれず、小さな音を立てて硬革鎧を斧が掠っていく。

「あーっ!? か、買ったばかりなのに！」

硬革鎧の傷を見てイストファは泣きそうになるが、幸いにもイストファ自身に傷はない。

「くそ、許さないぞ……」

言いながらイストファは短剣を構え、ゴブリンファイターと睨み合う。短剣と斧。まともに打ち合えば間違いなく斧が勝つだろうし、受け流すほどの技量はイストファにはない。

となると、避けるしかないが……できるだろうか、とイストファは自問する。

硬革鎧で防ぎきれるかどうかは、分からない。完全に硬革鎧の防御を突破されたわけではないが……賭けるには、少し分が悪い。

「君！ 見た感じ魔法士なんでしょう！ 何か手はないんですか!?」

おそらく後ろの方にいるであろう少年に向けてイストファは叫ぶが、少年からは「ない！」という元気な返事が返ってくる。

「俺が使えるのは、ダメージにならない程度の魔法だけだ！　正直嫌がらせにしかならん！」

「そんなの……わあっ！」

　隙を突いて振り降りされた斧を、イストファは今度は危なげなく回避する。

　さほど攻撃は早くない。しかし、普通のゴブリンに比べると格段に速い。体格も一回りくらい立派だし、着込んだ胸部鎧はイストファの「斬ってから刺す」というパターンを防いでしまうだろう。

「逃げる、か……？」

　イストファは、ゴブリンマジシャンに突き刺さったままの自分のナイフを見る。ゴブリンマジシャンから手に入るはずの報酬を見逃すのも、ナイフをここに置いていくのも嫌だ。けれど、命には代えられない。しかし……逃がしてくれるだろうか。イストファは短剣を構えながらゴブリンファイターを睨みつける。

「無理、かな」

　逃がしてくれる気がしない。目の前でギギギと唸るゴブリンファイターは、イストファが背を向けた瞬間にその背をバッサリと切り裂くだろう。

　しかし、勝てるビジョンが全く浮かばない。どうすれば勝てるのか、イストファには全く分からない。まさか腕や肩を犠牲にするわけにもいかない。腕にも肩にも替えなどないのだ。

硬革鎧の肩アーマーもつけてはいるが、あの斧相手に持つかどうかも分からない。それでも、やるしかない。なんとか避けて、なんとか鎧の護っていない場所を斬り、勝つしかない。

そう考え、イストファが踏み出そうとした矢先。

「おい」

背後から、先程の少年の声が響く。

「お前の剣、破損してるみたいだが……あれを斬れるんだな？」

「斬れなきゃ死ぬだけだと思いますよ？」

そう答えると、背後の少年は面白そうに笑う。

「くくっ、確かにその通りだ。よし、俺が手伝う。目隠しにしかならんが、炎の魔法を放つ。その隙になんとかしろ」

「……信じても？」

「巻き込んだのは悪いと思ってる。いいか、いくぞ？」

イストファの背後から杖が突き出され、少年が呪文を唱え始める。

「フレイム！」

ゴウ。放たれた炎がゴブリンファイターの顔面に命中し、悲鳴のような声を上げる。

その炎は少年の言う通り、ゴブリンファイターに焦げ跡すらつけてはいなかったが……思わず顔を覆ったゴブリンファイターの視界を塞ぎ、なおかつ隙を作る程度の効果はあった。

ゴブリンファイターがそれに気付いた時、既にイストファに鎧に守られていない腹部を裂かれた直後であった。

「ギ、ゲアアアアア⁉」

斬られた腹を押さえ前のめりになるゴブリンファイターの顔面を、イストファの短剣が切り裂く。ものを知らないイストファだって、どこをやられたらまずいかくらい多少は知っている。

本当は首を狙いたかったが、上手くいかなかった。それでも、視界は奪えた。

「ギ、ギイ……」

ゴブリンファイターが膝をつき、イストファはその背後から短剣を振るい切り裂く。

イストファの持つ剣は名剣ではなく、イストファもまた達人ではない。故に首を斬り落とすことはできず、短剣は首の骨と思わしきものに阻まれたが、ゴブリンの首を切り裂いた。

その勢いで倒れて地面に転がるゴブリンファイターを見下ろすと、イストファは少しだけ距離をとる。

ゴブリンはずる賢い。死んだように見えても、生きているかもしれない。

「……」

動かない。死んでいる、のだろうか？

「何してる？」

横に立つ少年に、イストファは「死んでるか確かめてます」と答える。

「死んでるだろ、首切られたんだぞ？」

「そう、ですか」

イマイチ疑問に思いながらも、イストファは近くに転がっていたはずのゴブリンマジシャンの死骸を探す。けれど、やはりゴブリンマジシャンの死骸は既にない。その場所にはイストファのナイフと、ゴブリンマジシャンの被っていた鹿の頭蓋骨らしきものが転がっている。

「骨兜か、外れだな」

「見れば分かりますよ……」

少し落胆しながら、イストファはナイフを拾い、ゴブリンファイターの死骸へ目を向ける。

「あの……ちょっと相談なんですが。ゴブリンファイターの魔石、もらってもいいですか？」

「好きにしろ。お前が倒したゴブリンだろ」

「そうですか。それならありがたく」

イストファはそう言うと、ゴブリンファイターに近づき、軽く蹴っても動かないのを確認すると、その近くにしゃがみ込む。

「魔石は、心臓……」

しかし、心臓は胸部鎧に守られている。革鎧と同じ方式なら、頭から被って着ているはずだ。

そう判断したイストファはゴブリンファイターを万歳させると、胸部鎧を抜き取っていく。

「何やって……ああ、魔石か」

「はい。消える前に取らないと」

「別にそうしている間は消えないんだから、ゆっくりやればいいだろうに」

「そんなこと知らないですから……」

言いながら、イストファは外した胸部鎧を投げ捨てる。どうせ消えてしまうのだろうから、それに全く未練はない。

ゴブリンファイターの胸元にナイフを突き刺し開くと、そこには普通のゴブリンよりもずっと大きな魔石が見えた。それを取り出すと、ゴブリンファイターも放り投げた胸部鎧も、幻のように消えてなくなっていく。

「よし、これを……！」

「あ、お前、何して……」

少年が何かを言う前に、イストファは取り出した魔石に短剣を振り下ろす。

砕けた魔石から光の粒のような何かが吸い込まれ、欠けていた短剣の先が完全に修復される。

「……やった！」

「んなっ⁉」

驚いたように少年は一連の現象を見つめ……やがて「ああ、そうか」と呟く。

「それ、迷宮武具か。また妙なものを使ってるんだな」

「あ、はい。それで……そっちの骨はどうします？　僕は魔石をもらったから、貴方のってことでも……」

「要らん。嵩《かさ》張るどころじゃないし、買い取り不可だそうだ。むしろ処分代を取られる」

「うわ……」

「なんならお前、被るか？」

「嫌ですよ……」

だろうな、と言うと、少年はフンと息を吐く。

「とにかく、助かった。礼を言う」

「はい。僕こそ魔法で隙を作ってもらえましたし……ありがとうございます」

イストファが頭を下げると、少年は驚いたように目を丸くする。

「なんだ、素直に恩を売っておけばいいものを。ずいぶんとまあ」

「そんなこと言われても……あ、それじゃ僕はこれで」

「いや待て。まだ名前も聞いてないぞ」

すぐにその場を去ろうとするイストファの肩を、少年が掴む。

「イストファ、ですけど。その……まだ何か？」

「俺はカイルだ。イストファ、ちょっと俺の話を聞いていく気はないか？」

「話って？」

「簡単だ。俺と少し組んでゴブリン狩りをしてほしい」

コンビ、ということだろうか。イストファは少し考えて、ステラのことを頭に浮かべる。

「パーティなら、もう組んでるんですけど」

「だとしても今は1人だろ？　俺とここで即席のコンビを組むのに支障はないはずだ」

「そう言われても……」

いきなり言われても困る。そう言おうとしたイストファだが、大きな音を立てて手を合わせたカイルに少し気圧されて言い逃す。

「頼む！　ゴブリン程度なら撲殺できるだろうと思ってきたが、いきなりあんなのにからまれる有様《ありさま》だ！　だが俺はどうしても、ここで戦わなきゃいかん理由がある！」

そう言って頭まで下げるカイルに、イストファは困ったように頬を掻く。

ここで「嫌です」と断るのは簡単だ。しかし、一緒に戦ったせいだろうか……そうやってカイルを振り切ることに、少しばかり抵抗があった。

「んー……理由は、聞かせてもらえるんですよね？」

「イストファ。お前、ダンジョンでモンスターを倒した時の成長現象については知っているか？」

「えっと。魔力を吸収して能力が少し上がるとかいうやつですか？」

「そう、それだ。それを利用して、俺は魔力を上げに来た。イストファ、お前だって冒険者やってるなら、強くなるのを忌避する理由はないだろう？」

「それは、まあ」

「なら！」

カイルは、グイとイストファに近寄る。

「ここで、将来は大魔法士になる俺に恩を売って損はないぞ！　なに、ずっととは言わん。俺の魔法が最低限の攻撃力を得るまで付き合ってくれ！　な、頼む！　報酬はお前が全部持って行っていいから！」

「え、えーっと……それなら、はい」

「助かる！」

イストファの手を握ってくるカイルに、イストファは思わず「はは……」と引きつった笑みを浮かべていた。

◆◇◆◇◆

カイルを伴ったイストファは、再び歩き始める。

「それで、どうして僕なんですか？」

後ろを歩くカイルにそう問いかけると、カイルは「ん？」と聞き返してくる。

「だって、僕みたいな新人じゃなくてベテランを雇えばいいじゃないですか」

「それでもよかったんだが、帰りの路銀を考えるとここで金を使うわけにもいかなくてな。何しろ、人を雇うってのは結構金がかかるんだ」

「ああ、だから僕ですか」

「そう言うな。戦利品は全部渡すと言ってるだろ」

それより、とカイルは早歩きでイストファの隣までやってくる。

そして肩に手を回し、イストファの歩みを無理やり止めてくる。

「なんで敬語なんだ、イストファ。年下には見えねえぞ」

「なんでって。たぶん……お貴族様ですよね？」

イストファには、カイルの装備は、どれもお金のかかっていそうな物に見える。

思い出すのは、豪商や貴族がダンジョンに潜っているらしい……というステラの言葉だ。

「今の俺は、ただのカイルだ」

その言葉が既に貴族っぽくて、イストファは絶対敬語を維持しようと心に決める。

しかし、そんなイストファの心の内が見えたのだろうか、カイルは一気に不機嫌そうな表情になる。

「いいか、イストファ。俺はどこにでもいる、ただのカイルなんだ。敬語はやめろ。同年代に話すみたいに普通に話せ」

「そ、そう言われましても」

「変に気遣うんじゃない。俺はお前を雇ったんじゃなくて、仲間としてここにいるんだ」

段々怒りがその声に混じってきたように思えて、イストファは仕方なく「分かった」と答える。

「じゃあそうす……るよ、カイル。これでいいんでしょ？」

「ああ、それでいい。全く、最初からそうしろ」

「あとで家来の人に見つかった時に、無礼者って斬られないようにしてね？」

「心配いらん。その時は……ごほん！　俺はただのカイルだって言ってるだろう！」

やっぱりお貴族様だな、と思いながら、イストファはカイルの腕を解き、再び歩きだす。

「そんなことよりだ。お前、ひょっとして、この階層の情報を買ってないのか？」

「あー、うん。そんなにお金ないから。お金さえ貯まれば買うんだけど」

「なら、俺が少し教えてやる」

そう言うと、カイルは軽く咳払いする。

「まず、この階層はゴブリン系のモンスターが多く出る。一番多いのは普通のゴブリンだが、さっきのゴブリンマジシャンがゴブリンファイターを伴って歩いていることもある。ほかにはゴブリンスカウト、それにゴブリンヒーラーなんてのもいる。だがそれだけじゃなく……」

「ガァウ！」

カイルの説明の途中で、虚空から何かが現れ、イストファたちへと飛び掛かってくる。それはゴブリン……ではなくウルフ。牙をむき飛び掛かってくるウルフを避けようとして、イストファは後ろで固まっているカイルに気付く。

「く……この！」

「ギャン⁉」

咄嗟《とっさ》の判断でナイフを投げると、見事ウルフの額に命中するが……回転しながら飛んだナイフはちょうど柄の部分が当たったようで、思わぬ衝撃に驚いて転がり……しかしすぐに起き上がったウルフには、大したダメージを与えられていないように見えた。

「……す、すまん！　ちょっとビビった！　もう大丈夫だ！」

「しっかりしてよ……」

慌ててカイルは杖を構え「フレイム！」と唱える。放たれた炎をウルフは素早く後ろへと跳んで避け、地面の草に命中した炎は草を焼き焦がして消えていく。

「お……見ろ、見ろイストファ！　草が焦げたぞ！」

「え、あ、うん。でも戦闘中だから！」

はしゃぐカイルにそう返し、イストファはウルフと睨み合う。

路地裏にいた頃に野犬に襲われそうになったことはあったが、目の前のウルフの圧力はその比ではない。気を抜けば食い殺されそうな気すらしてくるのだ。

「……どうする、カイル。正直に言うと僕、怖いんだけど」

「何を言う。俺だって怖いぞ」

「逃げる？」

「逃がしてくれそうか？」

グルル、と唸るウルフは……逃がしてくれそうにない。

ゴブリンファイターよりも速そうだし、あの牙も顎も強そうだ。

「無理、かなあ」

「俺もそう思う。あれはグラスウルフ。ダンジョンの外にいる連中は、ゴブリンを食い殺すくらいに獰猛《どうもう》なんだそうだ」

「へ、へえ……ちなみにゴブリンファイターと、どっちが強いのかな」

「3匹いればゴブリンファイターを簡単に食い殺すらしいぞ」

1匹でよかったな、と言うカイルに「どこがよかったんだ」とイストファは叫びそうになる。

1匹ですら、イストファはまともにやって勝てると思えなかったのだ。

3匹がかりであってもゴブリンファイターを真正面から簡単に倒せるというのであれば、あのグラスウルフが相当に強いのは疑いようもない。

「いいか、落ち着けイストファ。連中の真骨頂《しんこっちょう》は群れでの狩りだ。1匹でいるならさっきと同じだ。俺が魔法で隙を作るから、お前はその隙に」

「ウオオオオオオオオオオオオオン！」

なんとかしろ、と。そんなカイルの言葉がグラスウルフの咆哮に掻き消される。

「今のは……威嚇？」

「違う、まずいぞイストファ！　あれは……うお!?」

カイルが叫び、しゃがんだその上を何かが勢いよく通り過ぎる。

「な……え!?」

離れた場所に着地したそれは、間違いなくグラスウルフ。新手のグラスウルフが、そこにいたのだ。

「仲間を呼ぶ叫びだ！　くそ、これは……」

「逃げよう！」

イストファは即断すると、カイルの手を引き立ち上がらせる。剣先だけはグラスウルフを威嚇するように向けているが、どれほど効果があるものか。

「し、しかし」

「1匹でも怖いのに、2匹なんて死ぬ！　しかももう1回叫ばれたら3匹だよ⁉」

「ぬ」

イストファとカイルはじりじりと迫ろうとするグラスウルフを見て、互いに目を合わせ頷く。

「よし、逃げるぞ……フレイム！」

再び放たれた炎にグラスウルフたちの動きが止まった瞬間、2人は身を翻《ひるがえ》して走りだす。

「ま、待てイストファ！　お前少し速っ」

「あーもう！」

遅れそうになったカイルの手を引き、イストファは走る。

逃げないと死ぬ。怒ったようなグラスウルフの咆哮を聞きながら、イストファとカイルはとにかく必死で足を動かして逃げ出した。

逃げる、走る。少しでも速く、少しでも遠く。

いつの間にかグラスウルフの声は聞こえなくなっているが、それでも安心できずに走る。

やがてどこまで走ったのか分からなくなった時、イストファはようやく立ち止まり、カイルの手を離す。

「ぜ、ぜえ……はあ……」

流石に息が切れた。そんなことを考えているイストファの近くで、カイルがどさりと倒れ込む。

「ひゅ、ひゅー……ふは、ひゅー……」

「え？　うわっ、大丈夫⁉」

「ひゅ、ぜふ、ぐはっ……お前、ひゅー……」

息も絶え絶えといった様子のカイルであったが、そうしているうちに調子が戻ってきたのか「殺すぞお前……」という文句が漏れ出てくる。

「殺すぞって……あのままだと死んでたよ」

「そんなことは分かってる。お前の判断も正しい。あのままだと俺たちは死んでただろう。だが殺す」

「理不尽な」

「ふはー……」

深呼吸してガバリと起き上がると、カイルは周囲を見回す。

「こんな場所だとよく分からんが、撒《ま》けた……か？」

「さあ……ていうか、その言い方だと……やっぱりモンスターからこっちは見えるの？」

「ああ、そうか。知らないんだったな。ギルドの情報によると、『モンスターからはある程度遠くが見えたり聞こえたりするらしい』と分かってる。だから、ちょっと逃げて見えないからと安心してたらガブリ……ってわけだな」

やっぱり、とイストファは思う。おかしいとは思っていたのだ。イストファが体勢を整える前に攻撃準備に入っていたゴブリン。仲間を呼ぶ叫びを聞きつけ、やってくるグラスウルフ。人間よりも「遠くが見え、よく聞こえる」のでなければ、あり得ない。

「ある程度、ってことは……全てってわけじゃないんだ」

「もしそうだったら、このくらいで逃げ切れはしないだろう」

「だよね」

水筒を取り出して水を飲み始めるカイルにイストファは頷き、大きく溜息をつく。

「しかし、不運だ。ただのゴブリン相手でよかったのに、レアモンスターなんぞに会うとはな」

「レア？」

「ああ。これもギルドで買った情報だけどな。ダンジョンの各階層にいるモンスターの種類は常に一定の比率が保たれている可能性があるらしい。この階層でいえば、ほとんどは普通のゴブリンだ」

「えっ」

その割にはイストファはゴブリンスカウト、ゴブリンマジシャン、ゴブリンファイター……そしてグラスウルフにまで会っている。

「特にグラスウルフなんぞは、この広い1階層に10匹程度しかいないと推測されてるんだが……いやはや、俺もなかなかに運がない」

「そ、そうなんだ。じゃあ、ゴブリンスカウトとかは？」

「分からんが、普通のゴブリンに比べたら確率は低いらしいぞ」

「へえー……」

言いながら水筒を仕舞い、カイルは立ち上がる。

「何はともあれ、このままじゃ終われんな」

「まあ、ね」

逃げるためとはいえ、鋼鉄のナイフを失ってしまった。しかも稼ぎで言えば、今日はまだ0

イエン……むしろマイナスだ。イストファとしても、このまま帰るわけにはいかないのだ。

「取りあえず今日俺にとって幸いがあったとするなら、お前に会ったことだな」

「僕？」

「ああ。俺は体力がないって自覚はあるが、お前はそっちの方に自信がありそうだからな」

「どうかな……」

いつも肉体労働だったから、確かに体力はあるかもしれない。ダンジョンに潜ってゴブリンを倒すたびに、少しずつだが動きがよくなっているような……気もする。

けれど「体力に自信がある」かと聞かれれば、やはりイストファは首を傾げてしまうのだ。

「とにかく狩るぞ。もうあんなのには出会わんだろう」

「あれ以上強いのとか、いたりしないよね？」

「いるぞ」

「えっ」

イストファが驚きに声を上げると、カイルはニッと笑う。

「心配するな。そいつは階層の守護者みたいなものらしいからな。こっちから行かなければ出会うことはない」

「階層の、守護者……」

「ああ。いつか第2階層に行こうと決めた時には必ず戦うことになるがな」

「どんなモンスターなの？」

「知りたいか？」

「うん」

素直に答えるイストファにカイルは「ふむ……」と考える素振りを見せ、まじめな表情で「ダメだ」と言う。

「え、な、なんで？」

「その方が面白いからだ。というか、俺も情報に金を払ってるしな。いつか俺とお前で挑戦することがあれば教えてやるぞ」

「うっ、それもそうか」

情報がタダじゃないことはイストファもよく知っている。こんなに教えてくれるのは、あり得ないくらいの幸運なのだ。

イストファは気分を入れ替え、グッと強く短剣を握った。

「危ない!?」

イストファの近くに立っていたカイルを庇い、空中に出現したグラスウルフの大きく開かれた顎の前に飛び出す。

無論、無策でも無茶でもない。短剣を突き刺すように繰り出し、その口中を貫かんとばかりに腕を伸ばす。だが、グラスウルフは空中で身を捻ると、そのまま回転しながらイストファたちと距離をとっと着地する。

「グ、グラスウルフ⁉　別の個体か⁉」

「いや、違う……こいつ、たぶんさっきの奴だ」

なぜなら、こいつは真っ先にカイルを狙ってきた。自分の嫌いな火を出す人間だと分かっているからこそ、そうしたのだろう。

「な、まさか！　追ってきたっていうのか⁉」

「たぶん、だけどね」

どうやって追ってきたのかは、イストファには想像するしかない。

匂いか何かを辿られたのかもしれないし、付かず離れず追ってきていたのかもしれない。そしてひょっとすると、油断する時を待っていたのかもしれない。

想像するしかない。想像するしかないが……どちらにせよ、ハッキリしていることがある。

「逃がしてはくれないみたいだ。なら……」

「やるしかない、か」

イストファの言わんとすることを察して、カイルも杖を構える。

幸いにも、まだグラスウルフは1匹だ。ならばやりようはあると、イストファは短剣を下段に構え直す。走ってくるグラスウルフを迎え撃つために走り、地面を薙ぐように剣を振るう。

「くっ⁉」

しかしイストファの短剣をグラスウルフはあっさりと回避し、レッグガードに牙を突き立てる。

「この……っ！」

そのまま斬ってやろうと短剣を振るうが、グラスウルフはそれもひらりと回避して距離をとる。

「フレイム！」

放たれたカイルの炎も、イストファとグラスウルフの間に距離を作る程度にしか役に立たない。しかし、それでもイストファには充分だった。

「大丈夫かイストファ！」

「うん、僕は大丈夫！」

買ったばかりの硬革のレッグガードは、多少の傷はついたものの、グラスウルフの牙が貫通することはなく、イストファの足を守っていた。もしこれがなければ、動けなくなっていた可能性すらあっただろう。

まだいける。そう判断し、イストファはグラスウルフを睨みながらじりじりと動き、カイルの近くまで戻る。

「どうだイストファ、いけそうか？」

「……早く逃げたい。正直、当てられる気がしない」

ゴブリンは人型で、イストファにもある程度動きが予測できた。けれど、グラスウルフは人ではなく狼だ。その四肢が生み出す獣の動きは、イストファに予測できるものではない。それでいて、四足歩行の獣故の「低さ」がイストファに不利に働く。ゴブリンを相手にする時と同じような剣の振り方をしていては、グラスウルフには当たらない。イストファはそれを嫌というほど理解できた。

「そうか。だがきっと逃げられねえぞ」

「分かってる。たぶん、逃がしてくれない」

あの路地裏の連中と似たような目をしている、とイストファは思う。

こちらが弱い、簡単に奪えると考えている目。イストファが何度も、何度も……毎日のように見てきた目だ。だから、その目を見て、イストファは逃げる気をなくした。

「……やろう、カイル」

「ああ。だが、どうする。あいつ、余裕ぶってやがるぞ」

襲ってくる様子はない。油断している様子もないが、先手を取らせてもいいと思っている可能性はある。それでも問題ないと思われているのだ。

そして実際、イストファの短剣ではグラスウルフを捉えられず、ナイフも既にない。

「カイルの魔法が頼りだ」

あのグラスウルフは、イストファごときの剣は恐れない。

けれど、カイルの魔法の炎は恐れる。だからさっきはカイルを狙ってきた。つけ込む隙はそこにしかない。

「……言っとくが、まともに当たるとは思えねえぞ。当たっても大した怪我をするとも思えねえ」

「そっか。だったら、何も気にせず撃っていいよ」

「はあ？」

カイルはその言葉に疑問符を浮かべ……やがて「まさか」と声を上げる。

「お、おいおい。そりゃ、まさか」

「いくよ！」

「あ、おい！　ったく……フレイム！」

イストファが走りだすその直前、カイルのフレイムの魔法が放たれる。

見た目だけは熱そうな火炎放射は大地を軽く焦がし、グラスウルフは本能的に恐れて後ろへ下がっていく。その間隙をつき、イストファは走る。思考の隙間の、ほんのわずかなラグ。ゴブリン相手であれば確実なチャンスとなったであろうそれも、グラスウルフ相手では足りない。フレイムがわずかに焦がした草原を、グラスウルフはイストファを迎え撃つべく走る。

簡単だ。鎧が守っていない首を噛めばイストファは死ぬし、グラスウルフにはそれができる。

グラスウルフは走り、イストファの短剣を避けて跳ぶ。牙を剥き出しにして、まずは押し倒すべくイストファへと襲い掛かった。

「ガヴァッ……!?」

イストファが横薙ぎに突き出した腕が、大きく開いたグラスウルフの口の中へと飛び込んだ。カウンター気味に突き出された腕はしっかりとアームガードで守られ、グラスウルフの牙は通らない。それは先ほど、グラスウルフ自身が証明してしまった。

力を込めれば牙を食い込ませ、イストファの腕になんらかのダメージを与えることも可能かもしれないが……想定すらしていない行動に、グラスウルフの思考は多大な混乱を強いられた。

しかし、このままではまずいと冷静さを取り戻そうとした、その瞬間。

「カイル！」

グラスウルフに噛みつかれたままの腕を、イストファはブウンと大きく振るう。

「フレイムッ！」

ダメだ、まずい。炎だ、炎が来る。

グラスウルフは炎への恐れからイストファの腕を離し、なんとか避けようとする。

だが、間に合わない。地面に落下するその直前に、カイルのフレイムの魔法が……わずかに火傷させる程度が関の山の魔法の炎が、グラスウルフの毛皮の表面を焦がす。そしてそれは、グラスウルフからさらに判断能力を奪うには充分すぎた。

「……⁉」

気付いた時には、もう遅い。飛び掛かるようにして襲い掛かってきたイストファの短剣が、グラスウルフを下から上へと薙ぐ。そして……それが、この戦いの決着だった。

「や、やった！　やったぞ！　ハハハ、嘘みたいだ！　グラスウルフを仕留めちまった！」

喜び駆け寄ってくるカイルとは違い、イストファの心は不思議なくらいに凪《な》いでいた。

あの目。路地裏に潜む、何度も見たあの目。

あの目と同じ目を見ても、イストファは恐ろしくなかった。

襲い掛かってくる殺意を目の前にしても、引かずに乗り越えることができた。

それは、何を意味しているのか。

「……強くなれた、ってこと……なのかな」

「ハハハ、何言ってんだ！　グラスウルフを倒したんだ！　俺もお前も強くなってるぞ⁉」

「あはは……そうだね」

「なんだその反応！　もっと喜べよ！」

肩を組んでグリグリと拳を押し付けてくるカイルを軽く押しのけると、カイルは「お？」と声を上げる。

「ごめん。でも、これをなんとかしないと」

「あー、そっか。そうだな」

イストファがグラスウルフの死骸を指差すと、カイルは納得したように少し離れる。

そのまま放置すれば、なんらかのアイテムになってしまう。イストファは魔石が欲しいのだろうと、そう察したのだ。

「ウルフの心臓ってどこなのかな……」

「あまり細かいことは気にしなくていいと思うぞ。ダンジョンモンスターは普通のモンスターとは違う生き物らしいからな」

「そうなの？」

短剣で斬った場所に赤い魔石があるのを確認すると、イストファは魔石を取り出す。

ゴブリンファイターの魔石よりもさらに大きな……それでもイストファの拳よりも小さいも

のだが、それを取ると同時にグラスウルフの死骸は消えていく。

「ああ。魔石なんてものが出るのはダンジョンモンスターだけらしいからな。逆に言うと、素材を剥げるのは外のモンスターからだけらしいが」

「消えちゃうものね」

イストファは魔石を袋に仕舞いながら、ゴブリンスカウトの鋭刃の鉄短剣を思い出す。

あれを欲しくて握っていても、結局手に入らなかった。

「……いったい、どういう仕組みなんだろう」

「さあな。ギルドでもその情報は売っていなかった。どこぞの研究家の説であれば死ぬほどあるらしいがな」

そんなものを買う気はねえ、とカイルは肩をすくめる。確かに、本当か間違っているかも分からない情報にお金は出したくないな、とイストファも思う。まあ、売っていたとしても、イストファに買える額なのかは分からないが。

「しかし、まああれだな！　この調子なら、守護者を倒して次の階層に行く日も近いかもしれねえ！」

ハハハッと楽しそうに笑うカイルに、イストファは苦笑する。確か臨時の仲間という話だったと思ったのだが、いつの間にか仲間に組み込まれているのだろうか？

……でもまあ、悪い気分ではないとも思う。仲間なんて、今までできたことがなかったから、よく分からないのだけれども。

「取りあえず、もう少し狩りたいね」

「ああ。俺の魔法も今のでまた少し強くなったはずだしな！」

「そう上手くいくかなあ」

「いくとも！　俺は自分の可能性を信じている！」

そんな話をしながら歩いていると、数歩先の距離に現れたゴブリンがカイルの大声に気付き振り返る。持っているのは、木の棍棒。

「ギイ!?」

「下がってろイストファ！　食らえ、フレイム！」

自信満々に放ったフレイムの魔法が、棍棒を滅茶苦茶に振るいながら突っ込んできていたゴブリンの表面を軽く焦がす。

「ギアアア!?」

「あ、あれ!?　もっとこう、焼き尽くす的な」

「充分だよ！」

棍棒を取り落として顔面を抑えるゴブリンを、イストファは短剣で刺し貫く。

「ギッ……」

「せあっ！」

引き抜き、斬撃一閃。深々と切り裂かれたゴブリンは断末魔の声すら上げず倒れ、そのまま動かなくなる。そのままトドメを刺そうとして……イストファは動きをピタリと止める。

「ん、どうしたイストファ」

「ああ、いや、うん。これ以上のトドメは必要ないなって」

「まあ、どう見ても死んでるしな」

「……うん。なんとなくだけど、それが分かった」

それは、直感的なものだ。これで仕留めた、と。そう強く感じたのだ。

それが自分の油断であるかもしれないとイストファは自問して、やがて「違う」と結論づける。足元に転がるゴブリンは、確かに死んでいる。ならばこの感覚は……自分の成長の証なのだろうか。イストファは、拳をそっと握る。

「魔石はいいのか？」

「あっ」

カイルの言葉にハッとしたイストファは、慌ててゴブリンから魔石を取り出す。

小さな小さな、最小の魔石。それでもイストファは笑顔でそれをつまみ上げると、袋へと仕舞う。

「そんなもの1つにずいぶん嬉しそうだな」

「嬉しいよ。これが、僕の明日を作ってくれるんだもの」

そう、そうなのだ。この小さな輝きが、今日の稼ぎとなって明日への糧となる。

その先は、イストファの目指す「一流冒険者」へと繋がっている。

だから、嬉しくないはずなんてないのだ。

「ふーん、そんなもんか……」

「うん、そんなもんだよ」

笑顔のイストファに、カイルは少しだけ呆けたような顔になり……やがて、何かを納得したかのように何度も頷く。

「……そうか。そんなもんか」

そう呟いてカイルは、イストファの肩を強く叩く。

「よし、それじゃあ今日はこの未来の大魔法士様が稼がせてやるぞ！」

「はは、ありがとう」

それにイストファも笑顔で返す。

そして2人は歩きだす。そこには、2人が出会った時にはなかった……少しだけ、柔らかい雰囲気があった。

◆◇◆◇◆

それからは特殊なゴブリンにもグラスウルフにも会うことなく、イストファとカイルのコンビは快進撃を続けていた。

「いくぞ……フレイム！」

カイルの杖から放たれた炎がゴブリンを軽く焼き、自分を焦がす火の熱さと痛みにゴブリンが悲鳴をあげる。その致命的な隙にイストファの短剣がゴブリンを狩る。

何度も繰り返し、完璧になってきたコンビネーションは、もはや普通のゴブリンなど相手にはならないほどになっていた。

「よっし！　威力は全然だが……それでも確かに上がってきている！」

「僕にはすごい威力に見えるけど」

ゴブリンの魔石を取り出して袋に入れるイストファに、カイルは「何を言ってるんだ」と溜息をつく。

「こんなの、鼻で笑われるレベルだぞ？　本来のフレイムの魔法っていうのはだな、さっきの一撃でゴブリンが火だるまになって転がるような威力なんだ」

「怖いね……」

「怖くない！　フレイムはゴブリンマジシャンが使う『ファイア』の上に当たる魔法だが、それでも初級魔法の範疇だ。本当に怖い魔法なんてのは、ゴブリンなんか一撃でバラバラにしちまうんだからな」

それを聞いて、イストファが「あっ」と声を上げる。

「ん？　なんだ、心当たりでもあるのか？」

「ん。んん……いや」

そういえば、ステラはダンジョンでゴブリンの頭を魔法らしきもので吹き飛ばしていたな、とイストファは思い出す。

「例えば、なんだけど……ゴブリンの頭を吹き飛ばすような魔法とか」

「頭を？　吹き飛ばすっていうと爆発系か？　頭だけ、となると初級魔法の範疇だと思うが……そんなことができるのは、かなり魔力の高い魔法士だと思うぞ」

まさかそういう奴に心当たりがあるのか、とカイルはイストファを睨む。

「えーと……師匠っていうかなんていうか……そういうエルフの人がいて。その人が……ね」

「……エルフか」

エルフと聞いて、途端にカイルは苦々しい顔になる。まるでフリートのようなその反応に、イストファは思わず動揺してしまう。

「ど、どうしたの、カイル」

「いや……エルフか。そうか……エルフかあ……」

苦渋に満ちた顔でカイルは何度か首を振ると、イストファを正面から見る。

「すまん。なんていうか……エルフは魔力が強いからな。俺にしてみれば少しジェラシーっていうか。まあ、うん。個人的なエルフへの嫉妬だ。許せ」

「あ?」

「いや、僕は気にしてないよ。僕なんか、魔力が全くないらしいしね」

イストファに言われ、カイルはイストファをまじまじと見つめる。

「魔力がない？　少しもか？」

「う、うん。そう言われたけど」

「そうか。まさか俺より魔力の低い奴がいるとは思わなかったが」

下には下がいるんだな……などと言っているカイルに、イストファは少しばかりムッとする。

「そんなに魔力が低いなら、カイルはなんで大魔法士とかを目指してるのさ。戦士の方がよかったんじゃない？」

「ん？　決まってるだろう。俺は体力もないし剣のセンスもないが、幸いにして天才だからな。魔法発動のための基礎は即座に理解できたし、大魔法と言われる類のものも1年もかからず習得している」

「へー……なんかすごく聞こえるけど」

「実際すげぇんだ。だが見た目だけは発動できても、魔力が伴わなければ何の意味もねえ。それはお前が見た通りだ」

フレイムは「なんか熱い、見た目だけは火」といった程度にしかならず、大魔法に至っては「発動しているはずだが何も起こらない」といったような結果だった。

「ついた綽名《あだな》が『玩具の魔法士』だ。許せるものかよ」

「玩具……」

「誰もが俺を陰で嘲笑《あざわら》った。家族でさえな。だから俺は、その全てを見返してやると決めたんだ」

ダンジョンでモンスターを倒せば、わずかずつでも魔力が上がる。それを繰り返せば、いつか最強の魔法士と言えるほどにも届くだろう。カイルはそれを本気で目指していると語る。

「イストファ。お前にだって、何か夢があるんだろう？」

「うん。僕は……」

一流の冒険者になりたい……言いかけたが、その言葉は口から出てこなかった。

幸せになりたい。それがイストファの原動力だ。けれど、それはこの場で語るのに相応《ふさわ》しいものなのだろうか。

「なんだ。どうした？」

「あ、うん。僕は……一流の冒険者になりたいと思ってる」

「一流か。いいな！　だがどうせなら最強を目指すといいぜ！」

そう言ってカイルは笑う。

「お前だって、俺と同じくらいなのにダンジョンに潜ってるんだ。見返してやりたい奴とかいるんだろ？」

「あ、いや。僕は……」

幸せになりたい。好かれたい。愛されたい。ただ、それだけなのだ。

誰もが当たり前に持っているような「幸せ」が欲しい。イストファが願っているのは、ただそれだけなのだ。最強とか、そういう眩《まぶ》しいものは……イストファは、見据えたことすらない。

だから、隠したくて。イストファはそっと目を逸らす。

「僕は……そんな立派な目標とかじゃ、ないから」

「ふうん？」

わけが分からない、と言いたげにカイルは首を傾げる。

「聞かせてみろよ。立派かそうじゃないかはそれから判断してやるから」

「そ、そんなことより、もっと狩ろう！　ほら」

「おっと」

小走りで前へと走りだしたイストファは、その先の空間から現れた誰かにぶつかって止まってしまう。

「す、すみません」

「ハハ、構わないよ。こんな場所だからね」

イストファが慌てて離れて見上げた先。

そこには、柔らかな笑みを浮かべる青髪の男が立っていた。

「ん？　なんだお前は」

「ちょ、ちょっとやめてよ。本当にすみません。ぶつかっちゃって」

イストファは近寄ってきたカイルを制しながら、再度頭を下げる。

「さっきも言ったけど、構わないよ。この場所は意地悪だからね。こういうことだって、当然起こるさ」

「そう言っていただけると……」

笑う青髪の男は、体格こそ細身だが……しっかりとした冒険者のように見えた。

おそらくは鉄製であろう金属製の鎧で身体の各所を守り、腰にはロングソード、そして立派な盾も持っている。そして、腕には……意外にも、銅の腕輪が嵌っていた。

「気になるかい？」

イストファの視線に気付いたのか、男は銅の腕輪を見せてくる。

「す、すみません。なんだか意外で……」

「ハハ、会う人には必ず言われるよ。そんな立派な格好してるのにってね。でも、そこの君の友達だってそうだろう？」

「俺はいいんだ」

胸を張るカイルにイストファは「ああ、もう」と額を押さえ、男は快活に笑う。

「ハハ、面白いね、君の友達は」

「なんかすみません……」

「いいんだよ。それじゃ、俺はこれで」

そう言って去っていく男を見送ると、イストファはカイルをキッと睨む。

「カイル……あれはないよ。あの人が怒ったらどうするつもりだったの？」

「フン、そしたら俺たちは終わってただろうな」

「え？」

「気付かなかったのか、イストファ。あれはヤバい奴だ」

「ヤバい？」

男の消えていった方角をじっと見つめていたカイルは、イストファの手を引いて反対方向へと歩きだす。

「ちょ、ちょっとカイル」

「いいから。すぐにこの場を離れるぞ。いつ奴の気が変わるかも分からん」

「説明してよ。わけが分からないよ」

「これは俺の経験上の話だが……あれは何かヤバいことを生業《なりわい》にしてる奴の目だ」

ヤバいこと。それはなんだろうかとイストファは思う。強盗とか殺人とか、そういうのだろうか？

「じゃあカイルは、あの人の装備はどっかから盗んできたとか奪ってきたとか……そういうことを言ってるの？」

「そのくらいだったら、まだいいんだがな……」

やはり分からない。分からないが、カイルは「別に分からなくてもいい」と呟く。

「なんであんなのがこんな場所にいるんだ。いや、こんな場所だからか？」

「ちょっとカイル」

引っ張られる腕をイストファが引っ張り返すと、カイルはうぐっと唸って停止する。

「１人で納得されても何も分からないんだけど」

「あー……つまりだな。あいつは間違いなく裏稼業の人間って話だよ。裏稼業が何かについてはお前の師匠とかに聞け。説明するのが面倒だ」

「面倒って……ていうか、それならなんであんな態度……」

「バカ、下手に脅えてみろ。あの手のは逆に襲ってくるぞ。何も気付かないフリが一番いいんだ」

そういうものなのかな……とイストファは首を傾げる。正直、よく分からない感覚だ。

「とにかく、今日はもうダンジョンを出るぞ。あんなヤバい奴がウロウロしてるなら、情報を集め直さなきゃいかん」

「それは、カイルがいいならいいけど」

既に袋の中にはゴブリンの魔石がある程度入っている。イストファとしては、ここで切り上げても異論はなかった。

「よし、行くぞ」

「うん」

イストファが頷くと、カイルは「それで」と続ける。

「出口はどっちだ？」

「え？」

「ん？」

「どっちだ、って」

「何言ってるんだ。出口だよ、出口。どっちだ？」

言われて、イストファは周囲を見回す。この第1階層はパッと見は高い岩壁に囲まれた見晴らしのいい草原だ。しかし、イストファが降りてきた出口……つまりダンジョンの入り口は、大きな穴が開いている。つまり、ここから見ても充分に分かるはずなのに、何を聞いているのか。そう考えながらイストファは出口を探すが……見つからない。

「え、あれ……出口が、見えない？」

「何言ってるんだ。見えるはずないだろう、ここは目隠しの草原だぞ？　見えるように思えるのは、全部ダンジョンの作った悪質な幻だ。だから来た方向を覚えておくことが重要なんだ」

「そんなの、知らないよ……？」

昨日ステラに連れられて戻った時は、そんなことを気にする余裕すらなかった。

今日は、こんな場所なら大丈夫と……途中からは、カイルはたくさん知ってるから大丈夫と思っていた。しかし、それはひょっとすると「やってはいけない油断」だったのではないだろうか。イストファはその可能性に気付くと、顔色が真っ青になる。

「ち、ちなみにだけどカイル、君が来た方向は……」

「あれだけ走り回って覚えてるはずないだろう」

「え、ええ!? どうするの！」

イストファが叫ぶと、カイルは「うーむ」と唸りながら自分の額を指で叩く。

「そうだな。例えば、この階層を隅から隅まで歩いてみるとか」

「どのくらいかかるの……」

「そんなアホな情報は買ってないな」

「じゃあなんで提案したのさ」

「煩《うるさ》い。で、あとは……そうだな。ゴブリンスカウトを狙うことだな」

ゴブリンスカウトと聞いて、イストファは初日に会ったあれを思い出す。

「あれかあ……でも、あれがどうしたの？」

「ゴブリンスカウトは低い確率だが、帰還の宝珠と呼ばれる道具を落とすらしい」

帰還の宝珠。それはいわゆるマジックアイテムの一種であり、このダンジョンから一瞬で地上へ帰還できるという道具なのだとカイルは説明する。

「俺も欲しかったんだが、売りに出るとすぐに買われるらしくてな」

「つまり、それを手に入れれば」

「出口が見つからなくても帰れるってわけだ」

「よし、探そう！」

◆◇◆◇◆

しかし、探すといっても当てがあるわけでもない。ついでに言ってしまえば、グラスウルフと戦ってからは、特殊なゴブリンとは1度も出会っていない。それをイストファたちが思い出すまでにさほど時間はかからず、何度目かのゴブリンの魔石を取り出しながら、イストファは「……カイル、まずくない？」と声に出してしまう。

「な、何がだ？」

「何がっていうかさ……僕、このままだと永遠に帰れないような気がしてきたんだけど」

「そんなことはないぞ。ゴブリンスカウトさえ見つけちまえばいいんだ」

「低い確率なんだよね？」

「うぐっ！」

そっと視線を逸らすカイルを見てイストファは小さく溜息をつくと、ゴブリンの魔石を袋に入れて悩み始める。

イストファとしては、ここで戦うことでゴブリンを簡単に倒せるようになってきたのは嬉しい。

今の戦いでもほとんど苦戦しなかった。それはイストファの身体に取り込まれた魔力の影響であることは間違いない。しかし、だからといって疲れないわけではないのだ。

カイルの魔法の威力もほんの少しずつ上がってきてはいるが、一撃でトドメを刺せるようなものではない。

「例えば、の話なんだけどさ。このまま僕たちが疲れ切ったとして……たぶん、ここで野営とかってすごくダメな方法だよね」

「当然だろ。お前が寝てる時にグラスウルフがやって来てみろ。俺なんか一撃で死ぬぞ」

そしたらお前もガブリだ、と自信満々に言うカイルに、イストファは呆れ混じりに「そんな自信満々で言うことじゃないよね……」とツッコミを入れる。

「だが事実だ。今ならゴブリン程度なら燃やして殴り殺せるだろうが、ゴブリンスカウトやゴブリンマジシャン相手には試していないしな」

「いや、まあ……うん。いいんだけどさ」

「だが確かに、このままじゃいかんのは事実だ。事実だが……イストファ、これは正直危険な賭けになるぞ？」

まじめな調子で言うカイルに、イストファは少し考えたのちに「いいよ」と答える。

「どのみち、今のままじゃ消耗するだけだよ。賭けてみるしかない」

「そうか。よし、言ったからには俺をバカにするなよ？」

「え、何を言うつもりなの？」

急に不安になってきたイストファの前で、カイルは周囲をぐるっと杖で指していく。

「いいか、この空間は無限じゃない。それは分かるな？」

「ん……それは、まあ。地下だもんね」

「そうだ。具体的には、滅茶苦茶広い正方形だと予測されている」

「正方形って何？」

「4辺が同じ長さの図形だ。いいから黙って聞け」

別に聞いたっていいじゃないかと思いながらもイストファが黙ったのを確認して、カイルは説明を再開する。

「そして、俺たちが入ってきた入り口だが、実はその隅に近い場所であるらしい」

「ん？　どういうこと？」

「分かんねえか？　つまりだな、四隅のどこかに行けば入り口が見つかるんだ」

やはり分からずにイストファは首を傾げる。四隅っていったって、そんな簡単に見つけられるのだろうか……と思ったのだ。

「分からねえって顔してやがるな……お前、天才の俺がいてほんとによかったな？」

「うっ……だって分かんないんだもの」

「あのな。四隅のどこかさえ見つければ、そのまま次の隅が見つかるんだ。簡単だろうが」

全く、と自信満々に言うカイルに、イストファは頬を掻いて「えーと……」と呟く。

「確かにそうかもしれないけどさ。その最初の隅はどうやって見つけるの？」

「そりゃお前、ダンジョンの端を歩けば見つかるだろうが」

「……この階層って、そんなに狭いの？」

「いや、さっきも言ったが、滅茶苦茶広いな」

「具体的に、どのくらい？」

「かなりの日数をかけて調べたらしいが、よく分からん」

そこまで言って、カイルはイストファの言いたいことに気付き「むっ」と唸る。

「僕はいいんだけどさ、当てもなく彷徨うよりはよさそうだし。でもカイル……体力、持つ？」

「バ、バカにするなよ。俺だってそのくらいはいけるさ」

「そう？　ならいいんだけど……あと、危険な賭けっていうのはカイルの体力の話？」

「違う」

少しムッとした顔でカイルはイストファを睨む。

「いいか、ここはダンジョンの1階層だ。1階層ということは、当然2階層もある」

「うん」

「その2階層への入り口……これも地上への出口同様、隅に近い場所にあるという話だ」

「でもそれって、見れば分かるよね？　いくら何でも下り階段が外の出口だなんて思わないよ」

「そうじゃない。2階層への入り口を『見つけてしまった時』が問題なんだ」

カイルの言葉にイストファが首を傾げると、カイルは軽く咳払いをする。

「いいか。ダンジョンの次の階層に繋がる階段には、必ず守護者がいる。確率で多少は変わるそうだが……だいたいの場合はゴブリンガードと呼ばれる奴が守っているそうだ。そして、ここからが重要なんだ」

「ゴブリンガード……なんか堅そうだね」

「そうだ。ゴブリンガードはその名の通り護衛兵。鉄の鎧兜と盾で全身を固めたゴブリンだ。イストファ、俺とお前にとっちゃ、相性最悪だぞ？」

しかし、だからといってどうにかできるものでもない。イストファとカイルにできるのは、そのゴブリンガードに会わないように祈ることくらいだ。

だから、祈りながら2人は歩いて……そして、当然のようにカイルはバテた。

「ぜえ、ぜえ……ま、待て、イストファ。休憩、しよう」

「うん、それはいいけど……」

困ったなあ、とはイストファは口には出さない。けれど困ったなあ、と思う。

カイルの体力のなさは凄まじい。ゴブリン狩りでテンションが上がっていた時には気にならなかったが、こうして帰れないかもしれないという危機感が出てくると、それがリスクとして露呈してくるのだ。

しかしそれでも、ゴブリン退治でカイルの体力もわずかずつ上昇しているはずなのだ。

座り込んで休んでいるカイルから視線を外し、イストファは周囲を見回す。

「目隠しの草原」の名の通り、こうして何度見渡しても、見通しのよいどこまでも続く草原に見える。それが今は……凄まじく凶悪に思えてくる。

「誰かが通りがかればいいのにな……大声出したら気付かないかな？」

「無理だ。視認できない場所までは声が届かないという実験結果があるらしい」

「でも、その割にはグラスウルフは僕たちを追ってきたよね？」

「ああ。あれはお前も勘付いただろうが、たぶん俺たちの匂いを追ってきてたんだろうな」

「……やっぱりか」

見えず、聞こえない。逆に言えばそれだけなのだろう。

思い返せば、ステラも見えてなどいないはずのイストファのもとへとやってきた。あれも偶然とはイストファには思えなかった。

「ねえ、カイル」

「ん？」

「人間……エルフも含めてだけど、とにかくそういうモンスターじゃない人がここで誰かを追う方法って……やっぱり魔力かな？」

「あー……まあ、普通はそうだろうな。でもまあ、お前を追うのは難しいと思うぞ？」

「なんで？」

「なんでってお前、魔力ほとんどないんだろ？　外で落とした砂粒を探すようなもんだ、そりゃ」

それは不可能の例えなのだろうか。しかし、それでもステラが……エルフの魔力が強いから、それでようやく可能な技なのだろうかとイストファは思う。

「ふーん……僕にもそんな技が使えたらな」

「なんだお前、いずれはダンジョンの外で武名をあげたいのか？」

「へ？」

「魔力を追う技なんて、つまりは『そういうこと』が必要な奴の技だぞ。護衛とか賞金稼ぎとか……あとは暗殺者か。鍛えても本人の強さが上がるわけじゃないしな」

「……そうなの？」

「当ったり前だろ。鼻を鍛えて匂いを追うのとそう変わらん。匂いが判別できて剣の切れ味が変わるか？」

それを言ってしまうと身も蓋もない気がしたが、つまりはそういうことなのだろう。

「……そっか。じゃあ僕が覚えてもあんまり意味はないのかな？」

「そこまでは言わんが、俺だってそんな技は教えられんしな」

「いや、カイルに教わる気はないけど」

だいぶ元気が出てきたな、と察したイストファは、カイルをじっと見つめる。

「それより、そろそろ行く？」

「ん……そうだな。しかし端に行くだけでも結構疲れるもんだな」

「すごく広いんでしょ？　なら、きっとそんなもんだよ」

「かもな」

言いながら、２人は歩く。互いに命を預け合う関係故か、その間には少しの警戒もない。

それに気付いて、イストファは不思議な感覚になる。自分を助けてくれたステラに、こうして少し厚かましいけど悪い奴ではないカイル。あの盗賊男や路地裏の連中みたいな奴もいる中で、こんなにもいい人たちに出会えている。

……それは、イストファが「一定以上の人間」になれているからだ。その事実を噛みしめ、イストファは短剣を握る手に力を込める。

「……お前、何か気負ってるのか？」

「え？」

そんな言葉に、イストファは思わずビクリとする。気付けば、カイルが真剣な表情でイストファの顔を覗き込んでいた。

「な、何？　いきなりどうしたのさ、カイル」

言いながらイストファは少しだけ足を速めるが、そのイストファの肩をカイルが掴む。

「いいから待て。そんな思いつめた顔をされて放っておけるほど薄情じゃないぞ、俺は」

「思いつめ……って」

「誤魔化すな。『やらなきゃいけない』って顔してやがったぞ」

「そ、それは……」

確かに思ってはいる。自分が「人間」であるために、イストファは稼がなければならない。

フリートだって言っていた。客だから……と。

ステラだって言っていた。努力できる真っすぐな子が好きだと。

きっと、誰もがそうなのだ。何かを成そうとすることを諦めた時、人はあの路地裏に転落する。

だから。だから、イストファは……。

「僕は……皆に好きでいてもらえる僕になりたいんだ。だから、やらなきゃ」

「ん？　んん？」

イストファの言葉に、カイルは首を傾げてしまう。

「いや、待て。意味が分からん。つまり……どういうことなんだ？」

「僕の、勝手な目標だよ。ごめん、変なこと言って」

そう言って歩きだそうとするイストファの肩を、再びカイルが掴んで止める。

「だから待てって。よし分かった。最初から説明しろ。そのよく分からん目標を持つに至った経緯から、全部だ」

そう言うと、カイルはその場に座り込むのだった。

◆◇◆◇◆

そしてイストファのこれまでの経緯を半ば無理やり聞き出したカイルは、しばらくの間唸っていた。その様子をイストファはじっと黙って見ていたが……やがて口を開こうとしたその瞬間、突き出されたカイルの手の平が、イストファの口が言葉を紡ぐのを止める。

「何も言うな。俺も正直、何と言っていいのか分からん」

「……」

「お前の境遇は理解した。そういう考えに至る理由も理解した。とはいえ『だから同情する』というのは違う。だから、ちょっと待て。今、俺の中で考えを整理してる」

そう言うと、カイルは再び黙り込み、唸り始める。その姿をイストファは静かに見ていたが……申し訳ないような、そんな気持ちになってくる。

自分が妙なことを言ったから、カイルが悩んでいる。それが明確だったからだ。しかし何も言うなと言われた以上、イストファは何も言えずにそわそわとする。

そうして、しばらくの時間がたったのち、カイルは「よし」と呟いて膝を叩く。

「待たせたな、イストファ。今から俺の考えを言う」

「う、うん」

「まず、お前の考えと目標については理解できる。俺だって『持たざる者』だ。もし俺に魔力がもっとあれば、家族に愛されていただろうからな」

そう、カイルは魔力がないが故に家族にもバカにされていたのだとイストファは思い出す。

だから、こんなところにカイルは来ているのだ。

「とはいえ、お前に比べれば、俺はまだ恵まれている。日々の暮らしに苦労してるわけじゃないからな。そういう意味では、俺とお前は違うとも言える」

「……うん」

「ついでに言えば、俺がお前の師匠のエルフみたいに、薬草拾いのお前に金貨1枚をポンと渡したかといえば『それはない』とも断言できる。それは、俺にとってメリットがないからだ」

「うん」

分かっている。薬草拾いをしていた頃のイストファは、誰から見ても底辺の人間だった。親切にして何かが返ってくる見込みなど、どこにもなかったのだ。

カイルがそんなイストファを救う理由などないのは、イストファにだって理解できる。

「だが……まあ、それは過去の話だ」

「え……」

「過去は、今の俺とお前には何の関係もない。未来の俺にとって『魔力のない俺』が過去になるようにな。実際、お前がいなければ俺はこのダンジョンで死んでたかもしれん。違うか？」

「いや、でもそれは……」

「『でも』はなし、だ。俺を助けたのはお前だ、イストファ。どうだ、違うか？」

「違わない、よ」

「だろう？」

カイルはイストファの言葉に満足そうに頷くと、その瞳をじっと覗き込むように見つめる。

「イストファ。俺はお前を仲間だと思ってるし、友人になりたいと思ってる。だから言うがな、お前のそれは本来は『上昇志向』っていうやつだ。変な方向に歪んでるから、とてもそうは見えないけどな」

「上昇志向……」

「人間なら誰だって持ってるものだ。俺だってそうだ。でもお前の場合、必死でもがきすぎだ。そのうち自分の目標で溺れちまうぞ」

その言葉に、イストファはステラの言葉を思い出す。

そのまま突き進めば、いつか転んだ時に立ち上がれなくなる。

確か彼女は、そう言っていた。

「……ステラさんにも、似たようなことを言われたな」

「だろうな。たぶん誰でも……とは言わないが、だいたいの人間は同じ感想を持つと思うぞ？」

「でも、カイルもあんまり僕のことは言えないと思うんだけど。１人でゴブリンにやられかけていたし……」

「俺はいいんだ」

「よくないでしょ」

「いいんだよ」

フイッとそっぽを向いて誤魔化すカイルの姿に、イストファは思わずクスッと笑う。

自分のことを本当に考えてくれている。それが分かって、心の中にあった何かが溶けて消えたせいかもしれなかった。ほんの少しだけ、心が軽くなっていたのだ。

「ねえ、カイル」

「なんだよ」

「カイルのことも、教えてよ」

「嫌だ」

「え、酷いよ。僕の事情は聞いたじゃないか」

「俺はいいんだ。俺は未来の大魔法士カイル。それ以外の『俺』は、今は要らん」

「ええー……」

不満そうなイストファに、カイルは「ダメだ」と念押ししてくる。

「それともなんだ、イストファ。お前は俺が何者か完璧に分からないと仲よくできないのか？」

「……その言い方はずるいよ」

そんなわけがない。こんなにも自分のことをまじめに悩んで考えてくれるカイルと、仲よくしたくないはずがない。

「僕は、君と友達になりたいよ。カイル」

「ああ、俺もだ。お前となら、いい友人になれると思ってる」

言いながら拳を突き出してくるカイルに、イストファは首を傾げる。

「拳を合わせるんだ、拳を。友情の儀式ってやつだ」

そうカイルに言われて、イストファは慌ててカイルの拳に自分の拳を合わせる。

ゴツン、とぶつかった2つの拳を見て、カイルがニヤリと笑う。

「あらためてよろしくな、イストファ」

「うん。あらためてよろしく、カイル」

「まずは外に出る。そしてグッスリ寝て、明日もまた俺とお前で潜るんだ。異論は？」

「ないよ……まあ、ステラさんがそれでもいいって言ってくれたらだけど」

「おい、いきなり友情の危機か？」

冗談めかして言うカイルに、イストファが笑う。

「よし、行くぞ、イストファ！」

「うん、行こう、カイル！」

友情の成立とともに、イストファとカイルは歩きだす。

何も解決したわけではない。何かの解決までの速度が上がるわけでもない。

攻撃の威力が上がるわけでもなければ、何かの恩恵があるわけでもない。

ただ、イストファとカイルが友情を確認したという、ただそれだけ。

ただそれだけのことが、イストファには重要だった。

ただそれだけのことで、イストファの感覚は冴え渡るような鋭さを見せていた。

「ガアッ……ガッ!?」

今まで通り「見えない場所」から襲ってきたグラスウルフの攻撃を、イストファの蹴りが、顎を打ち上げるようにして防ぐ。

足狙いの攻撃。このダンジョンに挑戦し始めた頃であれば回避すら不可能であっただろう攻撃に、イストファはカウンターまでしてみせた。

「フレイム！」

「ギャアウッ!?」

態勢を崩したグラスウルフに襲い掛かる火炎放射のようなカイルの魔法は、まだまだ「焦がす」程度の威力しかない。

しかしそれでも、火を恐れる獣の本能を刺激するには充分だ。

「ウオオオオオオオオオオオオオン！」

「チッ、イストファ！」

「分かってる！」

仲間を呼ぶ叫び。

このダンジョンの中では、視認できない場所には声は届かないはず。それでもグラスウルフは仲間を呼んだ。それはつまり、グラスウルフの「叫び」は文字通りのものではなく……仲間が「必ず来る」何かだということ。

短剣を逆手に構えたイストファの一撃がグラスウルフを裂き、そのまま貫いてトドメを刺した時……「うおっ！」という叫びが背後のカイルから響く。

「カイル！」

振り返ったイストファの視線の先では、カイルが杖を取り落とし、地面を転がったところだった。その近くでは、カイルの杖を咥《くわ》えたグラスウルフが、ペッと吐くように杖を地面へと捨てている。

状況としては、首を噛もうと跳び上がってきたグラスウルフの一撃をカイルが杖で防御し、そのまま取られたといったところだろう。イストファの下へと転がってきたカイルは、イストファの足にぶつかって止まると、ピッと音が出そうな勢いで手を上げる。

「すまん、任せる！」

「任された！」

カイルを追うように低く地面を走るグラスウルフ相手に、短剣を逆手に構えたままイストファは走る。

普通に構えていたのでは、人間とは違う体勢で走るグラスウルフは斬れない。だからといって、逆手に構えれば斬れるというほど単純なものでもない。必要なのは、どうすれば「当てやすい」かという、ただその一点。

獣が牙を獲物に突き立てる動きに倣《なら》うかのような、美しさからはかけ離れた動き。

故にイストファの剣はイストファの牙として、グラスウルフに脅威と認識される。

「ガアアアアア！」

走る。無防備なイストファの足に向けて、グラスウルフは駆ける。

どこを噛めばいいか、本能的に察しながらの動き。例え自分に届く位置に牙を持とうとも、可動範囲は知れたもの。その足に向けて、グラスウルフは牙を剥き出し、駆けて……。

「ボルト！」

「ギャン!?」

襲ってきた輝き。軽くパリッとするような痛みに、グラスウルフは一瞬目を閉じる。

その致命的な隙が、勝敗を分けた。

グラスウルフが一瞬のちに見たものは、転がったまま自分に指を向けているカイルと。自分を切り裂く、イストファの短剣。そしてトドメの連撃……自分を刺し貫く、イストファの姿だった。

「ふうー……」

動かなくなったグラスウルフを見下ろしながら、イストファは息を吐く。

「あっ！」

唐突に思い出したように、カイルの近くに放置してあったグラスウルフへと振り向く。

「残念、こっちはもう消えてる」

「ああー……」

座り込んだカイルが摘まみ上げている鋭い牙のようなものを見て溜息をついたイストファは、
自分の目の前のグラスウルフから魔石を取り出す。

「ま、いいか……それよりカイル、さっきはありがとう」

「あ？」

「さっきの魔法。あれ、すごく助かったよ」

イストファが魔石を袋に仕舞いながらそう言うと、立ち上がったカイルは呆れたようにイストファの近くまで歩いてくる。

「お前なあ……」

「え。な、何？」

「そういう時はな、ナイスフォローって言うんだ」

「な、ナイスフォロー？」

「おう、なかなかよかったろ。杖がないから、想像以上に威力がショボかったけどな」

イストファに牙を押し付けると、カイルは転がっている杖を拾う。

「よし、傷はないな……」

「そういえば……カイルのその杖って、やっぱりあると魔法が強くなるんだ？」

「ん？　そりゃ当然だろ。魔法士の杖ってのは、剣士にとっての剣みたいなもんだ。具体的な理屈までは知らんが、杖を失った魔法士ほど頼りにならないものはねえぞ」

特に俺はな、と胸を張るカイルにイストファは苦笑して……ふと気付いたように「あ、それなら」と声を上げる。

「ひょっとして、僕でも杖を使えば魔法とか」

「ん？　んんー……」

しかしイストファの言葉に、カイルは難しそうな顔で首を捻ってしまう。

「……いや、無理なんじゃないか？　俺が名剣を持てば一流の剣士になれるかってのより過酷なチャレンジのような気がするぞ」

「そこまで厳しいの……？」

「エルフに魔力がないって言われるのは重いからなあ……たぶん本当にで成長の余地がないんだと思うぞ」

あらためて突き付けられた事実にガックリとしながら……けれど、それでも大したショックではないと、イストファは気付いていた。

「なんだ。あんまりショックじゃない感じだな？」

「え？」

「いや。もう少し落ち込むかと思ったんだが」

「あー……まあ、うん」

そう、少し前なら落ち込んでいただろう。でも今はそうではない。

「確かに魔法を使えそうにないのは、ショックといえばショックなんだけどさ」

「おう」

「代わりに身体能力は人より成長するかもって言われてるし……別にいいかなって思う」

「ふーん？　そうか」

頷くカイル。否定するでもなく意見を言うでもなく。

「まあ、それはそれで強くなりそうだしな。いいことばかりじゃないが」

「そうなの？」

「ああ。もちろん悪いことばかりでもないぞ。ま、弱点としちゃ、魔法にとことん弱いってくらいだな」

そんなカイルの言葉に、イストファは思わず立ち止まって振り返る。

「……今、なんて？」

「あ？　お前の師匠から聞いてないのか？」

「いや、聞いてないけど」

「そうか。まあ、今すぐ必要な知識でもないしな」

うんうん、と頷くカイルに近づき、イストファはその肩を掴む。

ものすごく聞き捨てならない言葉を聞いてしまった以上、勝手に納得されても困るのだ。

「いいから、教えてくれる？」

「お、おう」

やけに積極的なイストファの手から逃れると、カイルはこほんと咳払いをする。

「つまりだな、筋肉の分厚い奴に打撃技は効きにくいだろ？　魔法も同じなんだ。魔力の高い奴に魔法は効きにくい。といっても、精神に作用する魔法の系統限定だけどな、物理的に作用する魔法に関しては『ないよりはマシ』程度だ」

この辺りの理屈は肉体を鍛えてても関節技が痛いのと同じだな、と説明するカイルに、イストファは「うーん……」と唸る。

「つまり……魔法は関節技ってこと……？」

「ぶん殴るぞ、お前。俺の話を全く理解してないな？」

「そんなこと言われても」

「うるせー、お前は人より魔法に弱い、って覚えとけばいいんだ。ほれ行くぞ」

「ちょ、ちょっとカイル」

カイルに杖で突かれたイストファは仕方なく前へと再び歩きだす。

人より魔法に弱い。それは致命的な弱点である気がして、どうしても気になってしまう。

「ねえ、カイル。それをどうにかする方法はないの？」

「あったら魔法士の意味がねーだろ」

「いや、そりゃそうだけど」

「……まあ、全くないってわけでもねえけどな」

「あるの⁉」

「うおっ⁉」

勢いよく振り向くイストファに、カイルは驚いたように「ミ、ミスリルだよ」と答える。

「ミスリル？」

「おう。聖銀とも呼ばれるけどな。魔力を含む聖なる金属……それ自体が魔法に対する抵抗力があると言われてる。しかも軽くて硬く、常に一定の温度を保つとも言われてる」

「おおー……」

「通常の鍛冶の手法では加工できず、特殊な設備と技術が必要になるんだが」

「うん」

「つまり、とんでもなく高くなる。外の職人が加工したミスリルの鎧なんて、1億イエンあっても足りるか分かんねえぞ」

その言葉に、イストファはクラリとするような気持ちになる。

1億イエン。1万イエン金貨が何枚必要なのだろう。100枚？　1000枚？

遠く及ばない世界だ。それでも足りないだなんて、信じられなかった。

「だが安心しろ、イストファ。ダンジョンの中でならミスリルの鎧も見つかる。デザインもサイズも選べねえが、そうやって見つけて着ている冒険者だっているんだ」

「ふむふむ」

「まあ、1階層をウロウロしてるうちは無理だけどな」

「それもそうか」

ハハッと笑うイストファだが……やがて近づいてきた岩壁に「あっ」と声を上げる。

「そろそろだね」

「だな。ここが当たりならいいんだが」

視界の外は見えないが、階層の端である岩壁自体は、近づけば見えるようになっている。

「でもこれ、どうなってるんだろう。さっきまでは見えなかったよね？」

「俺に聞くな。だがまあ、嫌がらせと救いの両方なのかもな」

「両方？」

「ああ。階層に入ってすぐは岩壁が見えるから『すぐに戻ってこれる』と油断する。適当に走り回ると岩壁が見えなくなって迷い、やがて岩壁が見えることで安心するってわけだ」

「ん……んん？」

カイルの言ってることが分からずに、イストファは首を傾げてしまう。

「えっと……つまり、どういうこと？」

「灯台と一緒だよ。見えることで安心する目印だ」

「ごめん。まず灯台って何？」

「あー、もう！　帰ったら教えてやるから、いちいち振り向くんじゃねえ！」

カイルに怒られたイストファは仕方なしに再び前を向いて歩く。

灯台が何なのかは結局分からないが……分かることはある。それはつまり、もうすぐこのダンジョンの「端」の一つに辿り着くということ。

「出口かな？」

「さあな……」

歩いて、歩いて。出口ならばいいと願って。

そうして、確かに「この階層からの出口」はそこにあった。

突然目の前に現れた、巨大な洞窟のような穴。上り階段ではなく、下り階段。そう、そして。

「うわあっ⁉」

斧を振り上げた、全身を鎧兜で固め、立派な盾を持ったゴブリンの姿。

危ないところで回避したイストファを素早く軌道を変えた斧が襲い、イストファはその前にバックステップで後ろに下がる。

「ど、どどど……どういうこと⁉」

「どうもこうもねえ！　言ったろ、嫌がらせと救いの両方だって！　出口だと喜んで近づいた奴をズバンってことだろうな……フレイム！」

カイルの杖から放出された炎を鎧兜のゴブリン……ゴブリンガードはバックステップで避け……やがて何かに気付いたかのようにギヒッと笑う。

「あー、やっぱりヤベえ。あいつ、俺のフレイムが見掛け倒しって気付いてやがる」

「え。ど、どうするの⁉」

「知るか！　それより聞け！　あいつの武具は全部鉄製だ！」

「うん、つまり⁉」

「なんとかしろ！」

そんな無茶な、とイストファは叫びそうになる。

「……逃げた方がいいんじゃない？」

「できるか？　各階層のボスは、通常のモンスターよりも機敏だって話なんだが」

「でも、次の階層への入り口を守ってるボスなんでしょ？　だったら」

油断なくゴブリンガードを睨み、剣を構えながら叫ぶイストファにカイルは「ぬ……」と唸る。

「やってみる価値はある……か？」

「よし、それなら……！」

「ああ、逃げるぞ！」

合図と同時に走りだす2人の後ろから、ゴブリンガードの怒りの声が響く。けれど、やはり追ってはこない。逃げて、逃げて。今日2度目の逃亡の先には……。

イストファの肩アーマーに刺さった矢が、その足を止めさせた。

「うわっ……!?」

「うおっ！」

足を止めた2人の先にいたのは、弓を構えたゴブリンと……そして、もう1匹。

「ギイイイイ！」

「くっ！」

イストファの足が早くて先行していたのは幸いだっただろう。一気に距離を詰めて剣を振ってきたもう1匹のゴブリンの剣を、イストファは短剣で弾く。

「この……ボルト！」

カイルの杖から放たれた電撃を受け、剣のゴブリンはわずかに顔をしかめて後ろへと跳ぶ。

「くそっ、やっぱりダメか！」

「カイル、今のって……」

「電撃魔法ボルトだ！　今の俺じゃ、軽く殴ったくらいの威力しかねえが！」

「充分！」

それでも距離をとらせるくらいの威力はあったのだ。ならば、それだけで充分な援護になるはずだとイストファは思う。

「それで、カイル！　あれはファイター!?」

「違う！　弓の方はゴブリンアーチャー、剣の方は……たぶんゴブリンソードマンだ！　技術がある分、ファイターより面倒だ、気を付けろ！」

「分かった！」

技術がある、つまり剣技の心得があるのだろうとイストファは理解する。そしてその理解は正しかった。人間のそれではなく、あくまでゴブリン流だが……ゴブリンソードマンは「ソードマン」と言われるだけの剣技を誇るゴブリンだ。胸部鎧を着込み油断なく剣を構えるその姿は、剣士そのもので……しかし、アーチャーの存在がそれだけに集中させてくれない。

キリキリと音を立てて弓を引き絞るゴブリンアーチャーの姿は、それだけで脅威だ。

「安心しろ、イストファ」

「カイル？」

「アーチャーは俺がどうにかする。お前はソードマンを全力で押さえろ」

「えっ」

「くるぞ！」

イストファが来ないと悟ったゴブリンソードマンが、イストファへ向けて地を蹴る。

横薙ぎに繰り出される剣をイストファは自分の短剣で受け、払う。

ギイン、と響く音はゴブリンファイターのそれよりも軽いが、すぐに切り返して襲ってくる斬撃を、イストファは弾くだけで精一杯になってしまう。

「う……強い!?」

「落ち着け！　技があるからそう見えるだけだ！　それより……うおっ!?」

足元に矢が刺さったカイルが叫び、後ろへと下がる。

「それより、もっと射線を開けてくれ！　今のままじゃどうにもできん！」

「そ、そんなこと言われたって……！」

防戦一方のイストファにはどうしようもない。

「カイル、さっきの魔法で隙を作れないの!?」

「無理だ、ちょっとズレたらお前に当たるぞ！」

死にはしないが、隙はできる。そんなものをイストファに当てればどうなるかは明らかだ。

防戦一方とはいえ、イストファとゴブリンソードマンは激しく斬り結んでいる。

イストファだけを避けてゴブリンソードマンに上手く「ボルト」を当てる自信はカイルには

ないし、今のカイルの魔力だと、「フレイム」を使えばイストファが火傷しかねない。

「ならどうしたら……！」

「ぬぐぐ……」

考える。カイルは必死で考える。どうしたら、どうすれば。考えて……ふと、気付く。

「……ん？」

そういえば、おかしい。ゴブリンアーチャーの射撃の頻度がやけに低い。

その事実に気付いたカイルは2人の向こうのゴブリンアーチャーへと視線を向ける。そこには、弓に矢を番《つが》えたままオロオロしているゴブリンアーチャーの姿があった。

「……ハッ、そういうことか」

気付いた瞬間、カイルは走りだす。

「えっ、カイル⁉」

驚くイストファだが、ゴブリンソードマンを放置できるはずもない。何か考えがあるのだと無理やり信じてゴブリンソードマンに集中し……その横を、カイルが走り抜ける。

「ギ……ギイッ！」

そして、そんなカイルへとゴブリンアーチャーの矢が放たれて……しかし、その矢はカイルの黒いローブに弾かれる。

「ギッ⁉」

「効かん！」

慌てて次の矢を番えようとしたゴブリンアーチャーだが、その時にはもうカイルが眼前で杖を振り上げている。

「おおおおらああああああああ！」

「ギャガッ⁉」

ガヅンッと鈍い音が響き、ゴブリンアーチャーが地面に転がる。

金属製のカイルの杖はそれなりに重量があり、ハンマーやメイスとまではいかないが、鈍器として使えば打撃力もある。殴られたゴブリンアーチャーはたまったものではない。

もともとカイルが1人で潜っていたのも、その打撃力を頼んでのことだったが……それが今、活きた。

「このっ、この！　おらおらあ！」

倒れたゴブリンアーチャーに杖を振り下ろすカイルの姿は魔法士でもなんでもないが、威力は確かだ。

「ギッ……」

そして、それはゴブリンソードマンに、思わず仲間を助けに行こうかと一瞬思わせるほどの効果はあった。だからこそ……イストファはそこに、致命的な隙を見た。

いまだ、と声を上げないいまま、イストファは短剣を振るう。狙うのは、剣を持つ手。切り裂く一撃に、ゴブリンソードマンは悲鳴をあげ、剣を取り落とす。

「ギアアアアアッ!?」

苦し紛れのゴブリンソードマンの拳がイストファを捉える。しかし、イストファの身体は吹き飛ばない。その場で踏み止まり、笑う。

「……ごめん。ぜんっぜん効かないや」

嘘だ。ヒリヒリするし、口の中をちょっと切った。でも、耐えた。イストファはその事実を、喜びを感じながら、ゴブリンソードマンの鎧に守られていない腹部に横薙ぎの一撃を加える。

「ガ、ァッ……」

膝をついたゴブリンソードマンに、トドメの一撃が加えられる。

動かなくなったゴブリンソードマンを見下ろし、イストファは同様に、戦闘音がしなくなったゴブリンアーチャーとカイルの方へ視線を向ける。

「終わったか」

「うん。カイルも?」

「見ての通りだ。魔法士らしくはねえが……ま、今後に期待しといてくれ」

「そうさせてもらうよ」

そして、笑い合う。２人の協力……というには少々問題もあるし、連携というかも疑問だが。

とにかく２人で得た勝利は、確かな自信を２人の中に刻んでいた。

◆◇◆◇◆

「……む」

ゴブリンアーチャーの姿が消失したのを見て、カイルが声を上げる。

「速いな、もう消えたか」

「別にいいよ。取りあえずソードマンの方の魔石を取り出すね」

「ああ」

イストファがゴブリンソードマンの魔石を取り出すべく、その死骸に近づくと「ああっ⁉」

というカイルの驚いたような声が上がり、イストファは思わず戦闘態勢に入る。

「カイル⁉」

まさか新手が来たのか。そう考え意識を戦闘時のものに切り替え……しかし、蹲《うずくま》り何かを見ているカイルの姿に疑問符を浮かべた。

「えっと……カイル？」

「イストファ！　これを見てみろ！」

「え？」

言われて、イストファは何事かとカイルのもとへと歩いていき……キラリと輝く拳大のガラス玉のようなものが視界に入る。

「え、何それ。魔石……じゃないよね？」

「寝ぼけてるんじゃねえ。これは帰還の宝珠だ！」

「え⁉」

確かそれは、ゴブリンスカウトから出るという話ではなかったのか。そんな想いを込めた「え、でも……」というイストファの戸惑った言葉に「ああ」とカイルも頷く。

「……信じ難いが、未確認情報だ。俺たちが新発見者だぞ、イストファ……！」

「そ、そうなの⁉」

「ああ。真実だと認定されれば冒険者としての評価にも繋がるし、報奨金も出る。ひょっとすると名前も記録されるかもしれんな」

「うわあ……すごいね！　どのくらい出るのかな⁉」

「知らん！　だが、くくっ！　思わぬ幸運だ。これで帰れば凱旋ってやつだな！」

なんて夢のある話だろうと、イストファもワクワクする心を抑えきれない。

冒険者としての評価。それが上がれば、一流の冒険者へと確かに近づくだろう。

「僕一人じゃ、そんなもの気付かなかったよ」

「おいおい、謙遜するなよ」

「いや、だって僕だったら魔石にしちゃってたし」

「ああ……そうか。そういやお前、ソードマンの魔石は取ったのか？」

「あっ」

言われてイストファは慌てて振り向くが、ゴブリンソードマンの死骸は既に消えてしまっている。

「ああー……」

「すまねえな。だがまあ、代わりに何か新発見が落ちてるかも分からんぞ？」

「だといいね……」

ちょっと気落ちしながら、イストファはゴブリンソードマンの死骸があった場所まで歩いていき……そこにキラリと光るナイフが落ちているのを見て拾い上げる。

「ナイフだ……」

特に装飾の類はない。シンプルなデザインで、刀身は鈍く光る鉄色。新品のような輝きを放ってはいるが、前に持っていた鋼鉄のナイフと比べると輝きが多少鈍いようにも感じられた。

「ねえ、カイル。これって」

「ナイフか。よかったな、前に持ってたのはなくしたままだったろう」

「うん。で、これ何か分かる？」

「何って……ナイフだろ」

何言ってんだお前、と言いたげなカイルにイストファは「そうじゃなくて……」とナイフの柄の方をカイルへと向ける。

「これ、カイルなら、どんなナイフか分かるかなあって」

「あ？」

カイルは胡乱《うろん》げな顔でナイフを受け取ると、まじまじと眺め始め……やがて、イストファがやったように柄の方をイストファへと向けて返してくる。

「知らん。少なくとも特殊な能力のあるナイフじゃないな。材質とかまでは分からん。俺は鍛冶師じゃないんだ」

「そっか。取りあえず普通のナイフってことだね」

「迷宮産のナイフを普通というかは知らんが……まあ、安物ではあるな」

「うん、でもあると助かるよ」

言いながらイストファは、ナイフを空になっていたナイフ用の鞘に収める。

「よし、じゃあ戻るか。忘れ物はないな⁉」

「あえて言うなら、なくしたナイフかな」

「それは諦めろ！」

冗談めかして言うイストファにカイルはキッパリとそう答え、２人は同時に笑う。

「それじゃあ、帰還の宝珠を使うが……」

「うん」

「どうする？　逃げる手段もあるし、ゴブリンガードに挑戦しとくか？」

そんな冗談を言うカイルに、イストファは苦笑で返す。

「やめとくよ。倒すより倒される方が速い気がする」

「……ま、確かに。お前の装備の更新は必須だな」

「カイルは？」

「俺か？　装備と頭脳は最高だ。魔力は成長を待て」

「期待しとくよ」

「おう、期待しとけ」

そんな話をしながら、カイルは帰還の宝珠を拾い上げる。

「正直、俺も使うのは初めてだ。俺をしっかり掴んどけ、イストファ」

「う、うん」

言われてイストファはカイルの腕を掴み、カイルは「よし」と頷く。

「帰還の宝珠よ、俺たちを地上へと導け！」

そう叫ぶと同時に、２人の姿は宝珠から溢れた光に包まれていく。

「うわ……眩しい⁉」

「離すなよイストファ！」

身体の中に何かが満ちていく感覚とともに、２人の視界が切り替わる。

「う、おお……」

「ううっ」

頭がグラグラする気持ち悪い感覚に襲われ、２人はその場にへたり込むように蹲る。

「ん？　お前たちは……イストファと、あと連絡にあった、高そうな装備の子供か」

「うぷ……え？」

まだ気持ち悪い感覚を引きずりながらイストファが振り向くと、そこには衛兵が立っていた。

周囲を見回すと、どうやらここはダンジョンの入り口であり……今はもう夜であるらしい。

「ここって……外……？」

「その様子だと、帰還の宝珠を使ったか。あれは慣れてないと酔うからな」

「あ、はい……カイル、カイル。大丈夫？」

「うう……俺はもうダメだ、イストファ。世界が回ってるし、頭痛と倦怠感が酷い……これはきっと呪いだ……」

　ぐったりしているカイルの様子を見て、衛兵は慣れたことのように大笑いする。

「ハハハ、たまにそうなる奴がいるんだ！　ま、そのうち酔いも収まるさ！」

「だといいんですが……」

　心配そうにカイルの背をさするイストファだったが……結局カイルが復調するまでには、さらに数分の時を必要としたのだった。

第4章　乗り越える少年たち

「あんなに酷いとは思わなかった……冒険者ギルドは副作用について、売った情報にしっかり記載しておくべきだと思う。もし伝え忘れだったら許されん怠慢だぞ」

「まあまあ」

隣でブツブツと呻《うめ》くカイルを宥《なだ》めながら、イストファは苦笑する。

復調してからずっとこうだが、冒険者ギルドへ向かうカイルの足取りはしっかりしている。

「取りあえず戻って来られたんだからいいじゃない」

「そういう思考はよくないぞ。妥協しない心がだな」

何か説教じみたことを言いかけて、カイルは黙り込む。

「カイル？」

「……どうにも不快な視線を感じるな」

「え？　……あー……」

その視線なら、イストファもずっと感じていた。ダンジョンを出てからずっとだ。

そして、その視線の主たちがどこにいるかも、イストファはずっと感じ取っている。

「……路地裏だよ」

「フン、なるほどな」

路地裏から、いくつもの視線がイストファたちをじっと見つめている。

ただの子供であるイストファたちがカモであるかを見極めようとしているのだ。流石にこんな大通りで襲ってはこないだろうが、そのねばついた視線はどうしようもなく不愉快だ。

おそらく、ちょっと人気のないところに移動すれば、すぐに襲ってくるような奴も含まれているだろう。実際、イストファも何度も襲われた経験がある。

「衛兵どもは何をしているやら、だな」

「それを言っちゃうと、ちょっと前の僕もあっち側に近かったし……」

「だが、別にお前は犯罪を犯していたわけでもないだろう？」

「それは、まあ」

そこまで堕ちたつもりはない。ひょっとすると時間の問題ではあったのかもしれないが……

それでも、それだけはイストファはしなかった。

「ならお前は違う。無駄な卑下をするな」

「……うん」

「俺の友人なんだぞ、お前は」

「うん」

「俺が認めたんだ。もっと胸を張っていい」

「うん」

カイルの言葉の一つ一つが、イストファの中に染みていく。

ステラがくれた暖かさとは、また別種の暖かさ。それを感じて、イストファは笑う。

「あ、そういえばさ」

「なんだ？」

「さっきの戦い……なんでアーチャーを直接殴りにいったの？」

「あー……あれか」

思い出すように空を見上げながら、カイルは「俺と同じだったからな」と答える。

「同じ？」

「ああ。あいつ、動き回るお前たちのせいで、狙いを上手く定められないみたいだった」

下手をすると自分の仲間……ゴブリンソードマンに当たってしまう。

その迷いから自分を狙うという行動にしか出られなかったのだろうとカイルは説明する。

「ま、つまりは……しょせんはゴブリン、ってことだな」

「……そだね」

「ん？　なんだ、イストファ」

微妙な表情をするイストファにカイルは疑問符を浮かべるが、イストファは「いや……」と言葉を濁すばかりだ。

「なんだ、言いたいことがあるなら言ってみろ」

「言ってもいいけど……たぶんカイル、怒るよ」

「いいから言ってみろ」

「……今の説明で『俺と同じ』ってのは『ゴブリンとカイルが同じ』って聞こえるけど、いいのかなって痛っ」

脇腹を突かれたイストファが思わず声を上げるが、カイルからは無言の打撃が連続で繰り出される。

「ちょ、カイル！　言えって言ったのはカイルじゃないか！」

「うるさい。ちょっとムカッとした」

「ええー……？」

そんな会話をしながら歩いて、やがて2人は冒険者ギルドの前へと辿り着く。

「よし、着いたな」

「うん……なんだか感慨深いね」

「凱旋だぞ、堂々と胸を張れ」

「はは……」

言葉通り胸を張って歩くカイルの後ろについて、イストファも冒険者ギルドの扉を潜る。この時間でも冒険者ギルドには何人かの姿があり、まさに冒険者が昼も夜も関係ない仕事であることを示していた。

「お、なんだイストファじゃねえか。美人のエルフの姉ちゃんとパーティ組んだって聞いてたんだがな」

「こんばんは。えーっと……ステラさんは師匠みたいなものなので」

薬草採りの頃からの顔馴染みの冒険者に声をかけられたイストファがそう答えると、冒険者の男はハハ、と笑う。

「ま、あんまし実力のかけ離れた奴とダンジョン潜っても勉強にゃならねえからな。正しいぜそりゃ」

「そういうことなんだと思います」

「おい、イストファ。何遊んでんだ」

「あ、すみません。それじゃ、僕はこれで」

「おう」

カイルに不機嫌そうに言われたイストファは頭を下げ、カイルのもとへと戻っていく。

「カイル、もう少し愛想よくした方がいいよ……」

「フン、そういうのは俺には合わん。それに疲れたし、眠い」

「それは分かるけど」

ダンジョン内では常に昼間のように光が降り注いでいたから感覚が狂っていたが、もう夜なのだ。カイルが眠くなるのも当然だろう。そんなカイルとともにカウンターに行くと、職員の男が愛想よく笑いかけてくる。

「いらっしゃい。今日はどうしました？」

「えっと……まずは、これを」

イストファが魔石の入った袋をカウンターに載せると、職員は感心したような声を上げる。

「拝見しますね」

「はい」

カウンターに出された魔石を職員は一つ一つ確認しながら「これは2人で？」と聞いてくる。

「はい。僕とカイルで倒しました」

「なるほど……ほとんどはゴブリンみたいですが、特殊個体やグラスウルフと思われるのも混ざっていますね」

頷きながら、手慣れた様子で仕分けをしていく職員の手付きをイストファは興味深げに見る。

イストファには「ちょっと大きい」とかその程度しか分からないのだが、職員にはしっかりと見分けがついているようだった。

「ちなみにこれは、全部買い取り希望ですか？」

「あ、えーと……いいよね、カイル？」

「お前に全部やると言っただろう」

少し面倒そうに言うカイルに頷くと、イストファは「全部買い取りで」と答える。

「はい。それでは……全部で4万8000イエンになります」

「よ……4万8000イエン⁉」

「はい。ご不満ですか？」

「え、いや。不満とかじゃなくて……そんなに⁉」

「はい。ゴブリンの魔石は1つで1000イエン。ゴブリンの特殊個体の魔石は1つで2000イエン。グラスウルフの魔石が1つで4000イエン。ずいぶん倒してきたんですね」

微笑む職員から視線を外し、イストファはカイルへと振り向く。

「あれだけゴブリンを倒したんだ。妥当だろ」

「そ、そうなのかな」

正直、何匹倒したのかもう覚えていなかったが……目の前のカウンターに置かれた4枚の1万イエン金貨の輝きと、5000イエン銀貨、そして1000イエン銀貨3枚の輝き。

今までのイストファの人生では、こんなにたくさんのお金が輝いているのを見たことなどなかった。思わずゴクリと喉を鳴らし、「あ、ありがとうございます」と言いながら、震える手でイストファは硬貨を袋に仕舞う。

「この調子で頑張ってくださいね」

「は、はい！」

「ああ、それとだ。売りたい情報がある」

そこでようやく前に進み出てきたカイルに、職員は「どのような情報でしょうか？」と言いながら紙とペンを差し出してくる。口頭では聞かれる可能性があるが故に、筆談で「買うに値する情報か」を確かめるわけだが……カイルは慣れた手つきでサラサラと書いていく。

文字のほとんど分からないイストファには当然のように読めなかったが、カイルから紙を受け取った職員は「なるほど」と頷いてみせる。

「この情報ですが……既に複数件、寄せられています」

「何……？」

「実のところ、ドロップ情報に関しては、当たれば儲けくらいの気持ちで不確定情報を寄せられる方も多く……」

苦笑する職員に、カイルは苦々しい表情になる。

「ですので、最近は職員同行か、あるいはギルド指定の冒険者による現場確認でしか、ドロップ情報の買い取りはしていないのです」

「チッ……くだらん奴が多いな」

「仰る通りかと。ところで、現物があるならぜひ買い取りたいのですが」

「使ってしまった」

「なるほど。残念です」

さほど残念そうでもない表情で言う職員だが、カイルは大きく溜息をつくとイストファへと向き直る。

「すまんな、ぬか喜びさせた」

「え、別にいいよ。無事に帰ってこられたんだし」

「……ま、それはそうかもしれんが」

頭を掻いたカイルは息を吐くと「……帰るか」と呟く。

「そうだね。カイルはどこの宿なの？」

「俺か？　俺は星見の羊亭だ」

「えっ」

「なんだ、まさか同じ宿か」

「僕っていうか師匠だけど……」

「ふーん？　そりゃまた不思議な縁だな」

面白そうに言うカイルにイストファも「そうだね」と笑う。確かに不思議な縁だ。

カイルと出会って、友達になって。同じ宿屋に、一緒に帰る。

今までの人生にはなかった経験に、イストファはくすぐったいような感覚を覚える。

「じゃあ、行くか」

「うん」

頷いて、2人は歩きだす。

「あ、ちょっと待て、ガキども」

近くのテーブルで話し合いらしきものをしていた冒険者たちの一人に、そう声をかけられる。

「なんだお前。何か用か」

「ちょっとカイル。またそんな……」

早速喧嘩腰のカイルをイストファは抑えるが、冒険者の男は気にした様子もない。

「夕方頃、武器屋に落ちぶれ者どもが押し入ったみたいでな。何本か安いのを持ってかれたって話だ。衛兵が見回っちゃいるが……」

「えっ、それってまさか、フリートさんの」

イストファが顔を真っ青にすると、冒険者の男たちはハハッと声を上げて笑う。

「フリートの頑固親父がそんなヘマすっかよ！　あの親父の店に押し入ってたら全員『開き』になってるわな！」

「そうそう、何しろ手加減を知らねえからな！　覚えてるか、先月ジョージのバカがナイフ折った時の」

「あー。あのバカ『宝箱の金具いじっただけでへし折れるたあ何事だ』って怒鳴り込んで」

「『お前をへし折ってやろうか』って店の外までブッ飛ばされたんだろ？　見たかったよ！」

楽しそうに笑い合う男たちの会話の内容に、イストファは思わず口の端がヒクつくのを感じる。

あの優しいフリートさんがまさかそんな、とは思うのだが……どうにも嘘には聞こえない。

「そのフリートってのと知り合いなのか？」

「あー……うん。色々お世話になってて」

カイルに答えると、ジョージとかいう男の話で盛り上がっていた冒険者たちが一斉に振り向く。

「お、なんだ、イストファ。お前フリートの親父にかわいがられてんのか？」

「え？　えーと……この前買い物したくらいですけど」

「ほー。そんじゃ、その装備はフリートの親父の見立てか」

「確かにモノはいいな。色々足りてねえけど……まあ、金の問題もあるわな」

何かを納得した風の冒険者たちは頷くと、真剣な表情でイストファへと顔を向ける。

「その縁、大切にしとけよ。あの親父、気に入らねえ奴の相手はしねえからな」

「だから儲からねえんだよな！」

「違いねえ！　だからカミさんに逃げられんだ！」

今度はフリートの話題で盛り上がり始める冒険者たちに、カイルが「酔ってるのかこいつら……」と呟いて、イストファは苦笑で返すしかなかった。

◆◇◆◇◆

噂話で盛り上がる冒険者たちをそのままに冒険者ギルドを出ると、カイルはふうと息を吐く。

「しかし……こんな場所でも、そんな事件は起こるんだな」

「さっきの話？」

「ああ」

頷くカイル。しかしイストファにしてみれば、当然のことのようにも思えた。

だからカイルの言葉の意味が分からずに「そうかな」と曖昧な返事を返す。

「そうだ。俺はこの町は、そんな事件とは無縁だと思ってた。まあ……お前の話を聞いた時から『そうじゃないんだな』という考えはあるにはあったが……武器屋への押し入りまでとはな」

「確かに僕も聞いたことはないけど……」

もちろん、聞いたことがないだけで、実はあった、という可能性もある。落ちぶれ者に近い位置にいたイストファに、世間話に町の事情を聞かせてくれるような人はいなかった。

「衛兵がどうにかするべきことではあるが、自衛はせんとな」

「そうだね」

落ちぶれ者による強盗が、強盗殺人に切り替わる可能性が高くなったのだ。武器屋の武器を奪うのは「そういうこと」で、衛兵が本気を出して捜査するには充分すぎる事件だ。

「その武器でダンジョンに潜るつもりなら、まだマシなんだがな」

「……そう、だね」

言われてイストファが思い出したのは、フリート武具店での一件だ。あの時、フリートは自分の店の商品を狙っている連中がいると言っていた。イストファのせいではないと言っていたが……切っ掛けはやはり自分なのではないか、とイストファは思うのだ。イストファが落ちぶれ者から抜け出したから、自分にもできると考える者が多くなったのではないだろうか？

そんな風に考えていると、カイルに肩をどつかれる。

「カ、カイル？」

「お前のせいじゃないからな」

「何も言ってないよ」

「いいや、顔に書いてあるぞ。『僕が成り上がったから皆そうしようと思ってるんだ』ってな」

「い、いや。そこまでは」

「言っとくがな、連中がそれで成り上がったとしても、お前と同じじゃない。そこはちゃんと線引きしとけ」

カイルはそう言って、フンと鼻を鳴らす。

「犯罪で現状をどうにかできちまった奴は、何かある度にそれに頼るようになる。まともな道になんざ、一生戻れねえんだ」

「でも、それを言うなら僕だって」

「ほー。じゃあお前の人生にゃ、まじめに生きてたら金貨をくれるような奴が何度も現れるのか？」

「い、いや。それは」

「違うだろ？　ていうか、お前の場合はそこじゃねえ。『まじめに生きる』っていう出発点がある。だから何とかなって、だから『今』がある。そこを履き違えるんじゃねえ」

言いながらイストファを突くカイルに、イストファは「うん」と答える。

そんなことを言ってくれるのが嬉しくて、気付けば素直にそう答えていた。

「全く、こういうのは俺のガラじゃねえぞ。お前の師匠の役割じゃねえか」

「はは……でもありがとう、カイル」

「フン」

照れたように言うカイルにイストファは笑った。そうして歩いている2人の表情は、やがて険しいものになっていく。

「……気付いたか、イストファ」

「うん」

冒険者ギルドから宿屋のある通りへは、鍛冶屋などのある職人通りを抜ける必要がある。

職人通りは夜にはたいてい炉の火を落として無人になるが……そうなると、自然と治安も悪くなる。もちろん衛兵も巡回しているが、とても足りているとは言えない。

そして、そんな場所で……イストファたちは、路地裏からの視線を強く感じていた。

自然と武器に手がかかる……その瞬間、路地裏から何人かの男たちが飛び出てくる。その手には、古びた……あるいは、安っぽい造りの剣が何本か。

「噂の連中のご登場みたいだな」

「うん」

カイルは杖を構え、イストファは短剣を抜き放つ。そのシャン、という涼やかな音に男たちはビクッと震えるが、それでもイストファたちをバカにした表情で囲み始める。

「おいガキども。大人しく持ってるモンを全部渡しな。それで勘弁してやらあ」

「当然断る。なあ？」

「うん。渡すものなんか、一つもない」

不敵に笑うカイルに、イストファもそう答える。そう、奴らに奪わせる気なんて……全くない。

しかし男たちは、イストファたちがそう答えるなど予想もしていなかったのだろうか、手に持っている剣を見せびらかすように掲げる。

「おいおい、この剣が見えねえのか。そんな棒きれと短い剣で何とかなるつもりか？」

その一言で、イストファとカイルは確信する。

ああ、大丈夫だ。全く怖くない。目の前のこいつらは……ゴブリン以下だ、と。

「殺すなよ、イストファ」

「カイルこそ、ね」

「お前、俺の魔法に人を殺すような威力があると思ってんのか」

カイルの無駄に自信満々な言葉に、イストファは思わず吹き出した。そんな2人の余裕が気に入らず、男たちの……おそらくはリーダー格であろう男が叫ぶ。

「ナメやがって……ブッ殺しちまえ！」

「アホだな」

「うん」

奇声を上げて、適当極まりない構えで剣を振り回し襲ってくる男たち。人数だけでいえば、絶対的不利。それでもイストファは……全く怖いとは思わなかった。

「メガン・ボルテクス！」

「ぎゃあ！」

「ぐはっ！」

カイルの杖から放たれた電撃が、枝分かれして男たちを吹き飛ばす。

「ちょ、カイル⁉」

「知ってるだろう、大丈夫だ！」

確か軽く殴る程度だと言っていただろうか、とイストファは思い返す。しかし今の吹き飛び方は「軽く殴る」程度には見えなかったが……まあ、気にしている暇はない。

「あのガキ……本物の魔法士かよ！」

「ならテメエからだ！」

剣を振り上げ襲ってきた男だが……その適当極まりない一撃はイストファの短剣に簡単に防がれてしまう。

「なっ……」

「でやあっ！」

気合とともにイストファが力を込めて短剣を振り上げると、握りの甘い男の剣は簡単に弾かれ、宙を舞う。

ついでとばかりに放った蹴りで男は小さな呻きとともに転がり……続く男の剣もやはりイストファに防がれる。

「な、なんでだよ！　なんでこんなガキどもがこんなに……ぎゃあ！」

カイルのボルトで吹っ飛んだ男が地面に転がり、既に2人ほどはどこかへ逃げ出してしまっている。

「決まってんだろ？　向上心の差だ！」

剣を握ったままオロオロしていたリーダー格の男はようやく状況を理解したのだろう。

いく。

「畜生！」と叫んで路地裏に逃げようとするが、カイルのボルトの魔法で吹き飛んで転がって
「……ハッ。ま、こんなもんだな」

短剣を鞘へ仕舞ったイストファのもとへ歩いてくると、カイルは拳を突き出してみせる。

その意味を再び問うほど、イストファも野暮ではないし、バカでもない。カイルの突き出した拳に、イストファも拳を合わせ、

「……おつかれ、カイル」

「ああ。おつかれだ、イストファ」

そう言って笑い合う。

カイルから見れば、当然の撃退。けれど……イストファから見れば、これは落ちぶれ者のごとき立ち位置との完全な別れでもあった。

あの路地裏で落ちぶれ者たちから奪われ続ける生活から、ようやく抜け出した。それがイストファにも実感として浮かんできたのだ。

「今の音は……あっ、貴様ら、さては！」

「ひっ……逃げろ！」

戦闘音……特にカイルの魔法の音に反応して走ってきたのだろう衛兵たちが、地面に転がる

剣や落ちぶれ者たちを見て笛を吹き鳴らす。

「待て、逃げられると思ってるのか！」

「うわあー！」

1人の男が取り押さえられ、剣を拾って逃げようとした別の男がその隙に捻《ね》じ伏せられる。

それでも数人の男が逃げていくが、周囲から聞こえてくる衛兵たちの声を考えれば、逃げるのは難しいだろう。

イストファたちのいた場所にも応援の衛兵たちが数人やってきて、残された武器の回収や男たちの連行を始めている。そのうちの一人……おそらくは衛兵のまとめ役だろう女が、イストファとカイルのもとへやってくる。

「災難だったな。それと、協力に感謝する」

近づいてみると結構若い、おそらくは20代前半くらいのようにイストファには見えた。緑色の髪を整え、美しいというよりは凛々《りり》しいといった顔立ちの女はイストファたちに敬礼すると
「さて」と言いながら姿勢を正す。

「面倒を重ねるようですまないが、君たちにも聞きたいことがある」

「それはいいが、お前は誰だ」

カイルが不機嫌そうな……おそらくはデフォルトでそうなのであろう表情で問いかけると、

衛兵の女は「ああ、そうか」と気付いたように頷く。

「そういえば自己紹介もまだだったな。私はエルトリア第3衛兵隊長、アリシアだ」

「フン、俺たちを子供だとナメているから、そんな基本も忘れるんだ」

「ちょっとカイル……」

「いや、その通りだ。耳が痛いな」

カイルの言葉に怒るでもなく苦笑すると、アリシアはイストファへと振り向く。

「さて、君の名前は知っているが……一応自己紹介してもらえるかな」

「えっ」

疑問符を浮かべるイストファにアリシアは答えず、黙って促す。

「僕は、イストファです」

「俺はカイルだ」

「うむ、よろしくイストファ、カイル」

「で、イストファを知ってるというのはどういうことだ」

噛みつくような勢いのカイルに、アリシアは「うむ」と頷く。

「ほかの衛兵から相談は受けていた。何か助け出すような方策はないか……とな」

「それは……」

「君の話を聞いて心苦しくはあったが、結果から言えば無理だった」

「なぜだ」

詰問するようなカイルの口調に、アリシアは「分かるだろう？」と苦々しい表情になる。

「イストファを助ける。それはいい。美談だ。だが、そのあとどうなる」

「……救いを求めて有象無象《うぞうむぞう》が殺到するだろうな」

「その通りだ。そしてそれをどうにかできる制度はエルトリアにはないし、イストファに妬みが向けられ、何かあってはならない」

ただでさえエルトリアには、夢破れた落ちぶれ者が多すぎるのだ。

明確な犯罪者を捕えても牢が足りなくなる有様だし、放逐してもどこからか戻ってきてしまう。かといって、極刑に処すほどの罪を犯したわけでもない。

じゃまだからといって殺せるほど、法は腐ってはいないのだ。

「……結果論になるが、君の誠実さが報われてよかったと心の底から思うよ、イストファ」

「はい。ありがとうございます」

「礼を言われるようなことは何一つしていない。だが、そうだな……困った時には訪ねて来るといい。私にできる範囲で手助けできることもあるだろう」

そう言うとアリシアは「さて」と手を叩き、手帳を取り出す。

「では早速、簡単ではあるが、事情聴取といこうか。すまないが、もう少し時間をくれるかな？」

「はい。カイルもいい、よね？」

「ああ。仕方ねえだろう」

あくまで不遜なカイルにイストファはオロオロするが、アリシアは気にした様子もない。

というか、格好からどこかの「ご子息」と言われるような身分であることは、アリシアには想像がつく。

聞いても答えないだろうが……と、アリシアはわずかに目を細めていた。

◆◇◆◇◆

そして、それから少しの時間が経過して、一通りの事情聴取が終わると、アリシアは持っていた手帳をパタンと閉じる。

「うむ、こんなものだろう。おつかれさまだ、2人とも」

「あ、はい。おつかれさまです」

「こんな時間をかけることか？　襲撃された、撃退した。それで充分だろう」

不満でいっぱいといった様子のカイルに、アリシアは「必要だとも」と頷く。

「あの手の輩は責任転嫁が好きだからな。矛盾を突くために、君たちの証言が重要な証拠となる」

「なるほど……」

「フン、それならもう帰っていいんだな？」

「ああ。だが少し待ってくれ……おい！」

現場検証をしていた衛兵たちにアリシアが声をかけると、一人が走って来て敬礼をする。

「ハッ、いかがされましたか？」

「この子たちを宿まで送ってやれ。被害者であり、我々の捜査協力者だ」

「了解しました」

そう答え、衛兵の男はイストファたちに笑いかける。

「と、いうわけだ。アリシア隊長に比べれば華のないオッサンで悪いが、我慢してくれ」

「いえ、そんな……」

イストファは恐縮したようにそう答えるが、カイルは舌打ち一つしか返さない。

「ちょっと、カイル……」

「フン、色々言ってはいるが、結局俺たちをガキとしてしか見てないんだ」

「そう言われてしまうと反論できんがな」

「隊長……そこは上手く誤魔化す場面ですよ」

苦々しい口調で衛兵の男が言うが、アリシアは「すまんな……」と困った顔になるばかりだ。

それがカイルのプライドを刺激したのだろう、イストファの手を引くと「さっさと帰るぞ！」と怒気を強めてしまう。

「え、あ、カイル」

「あんな連中、また来たところで俺たちの敵じゃない！」

「そうかもだけど……」

「行くぞ……ぶっ⁉」

怒りのままに歩こうとしたカイルが、何かにぶつかり止まる。

一体何かと見上げるカイルの視線の先を見て、イストファは「あっ」と声を上げる。

「ステラさん……⁉」

「お帰り、イストファ。無事に帰ってきたみたいね」

そう、そこにいたのは……夜でも輝くような美しい白い鎧を纏ったステラだった。

「こっちで騒ぎがあったみたいだから来たんだけど……」

言いながら、ステラは自分にぶつかったカイルに視線を向ける。

「……お友達？」

「そうだ、カイルという。お前がイストファの師匠とやらのエルフか」

「ええ、そうよ。私はステラ。今はイストファの師匠みたいなこともやってるわ」

そう言って微笑むステラをジロジロと値踏みするようにカイルは見ると「……ミスリルの鎧か」と呟く。

「ミスリルって……」

「話しただろう。高価な魔法金属だ。エルフに加工技術があるという話は聞いたことがあったが」

「ずいぶん事情通みたいね。物を見る目もある……かなりいいところの子かしら」

「どうでもいいだろう。お前こそ、その装備一式……ライトエルフでも、かなり高位なんじゃないか？」

「どうかしらね？　それこそ、どうでもいいんじゃない？」

「かもな」

笑顔で睨み合う2人の間にイストファは入れず、しかし勇気を出して「ちょっと、2人とも……」と仲裁する。

「なんで2人でやり合ってるのさ。ステラさんも、やめてください」

「いや、なんとなく今立場をハッキリさせといた方がいい気がしてな」

「同じくよ。こういうのは最初が肝心だもの」

「わけ分かんないよ……」

呆れたようにイストファは溜息をつくが、思い出したようにステラへと向き直る。

「そうだ、ステラさん。僕の友達のカイルです。一緒にダンジョンに潜ろうっていう話になったんですけど」

「いいんじゃない？」

いいですか、とイストファが問う前に、ステラからそんな答えが返ってくる。

「え……いいんですか？」

「別に私はイストファにソロでダンジョンを踏破する剣豪になってほしいんじゃないもの。もちろんそれを目指すっていうのは歓迎だし、数を頼みにゴリ押しするような雑魚にはなってほしくないけど……3～5人くらいはダンジョン攻略パーティの平均よ？」

「……そうなの？」

「ああ」

イストファがカイルに確かめると、カイルも頷いてみせる。

「前衛、後衛、サポーター。だいたいはこの組み合わせだ。詳しい内訳はさまざまだがな」

今のイストファたちで言えば、イストファが前衛、カイルが後衛となるわけだ。

「前にも言ったけど、私は今はイストファと一緒にダンジョンに潜る気はないわ。貴方とパーティを組んでるのは万が一を防ぐため。だから、まともな仲間と組むのをじゃまするつもりはないわ」

カイルへと向き直ったステラは、静かにその姿を観察する。

「……魔法士か。まだまだ成長過程、魔法士としての能力に極端に寄った成長をしそうね」

「俺を勝手に測るんじゃねえ」

「あら、ごめんなさい？」

クスクスと笑うステラを指差して、カイルは苦々しい表情をイストファへと向ける。

「おいイストファ、本当にこいつが師匠でいいのか？　かなり性格悪そうだぞ、こいつ」

「い、いい人なんだよ？」

「本当かあ？」

かなり疑わしげなカイルだったが、やがて「まあ、いいか」と溜息をつく。

「お前を見出したのもこいつだったな。ならまあ……取りあえずはよしとしてやる」

「あら、上から目線ね」

「フン」

「仲よくしようよ……」

そんなに相性が悪いのだろうか、と考えながらもイストファは、アリシアと衛兵の男に頭を下げる。

「あの、すみません。師匠も来てくれたので、もう大丈夫です」

「そ、そうか。気を付けてな」

「はい、ありがとうございます」

そう言って頭を下げると、イストファはカイルとステラに「早く帰ろう。夜が明けちゃうよ」と声をかける。

「そうね。それじゃ帰りましょうか、イストファ」

「おい、仕切るんじゃねえ」

「カイル、喧嘩しないでよ」

「むっ」

イストファに言われてカイルは思わず黙り込む。

「いや、しかしだな」

「私はイストファに賛成よ。仲よくしましょ？」

「ぐぬ……わ、分かった」

状況不利を悟ったカイルは頷くが、ステラを睨む目は変わらない。

もちろんカイルにも、イストファを助け師匠という立場になったステラに一定の敬意はある。自分にできないことをしたのだ。それは素直に称賛したい。しかし、納得できない部分はある。

「……ステラ、だったか？」

「ええ、何かしらカイル」

「お前、イストファを将来的に婿にする気だってのは、本当か？」

「あら。そんなことまで話しちゃったの？」

「う、流れで……」

仕方ないわね、とステラは笑いながらイストファの頬をつつき、カイルへと視線を向ける。

「ええ、本当よ。それが何か？」

「長命種にするつもりだ、ってのもか」

「ええ、もちろん」

「……そうか。それはもちろん、イストファの意思を優先しての話だろうな？」

「当然ね」

「イストファにほかに好きな奴ができた時には、身を引くつもりもあるんだな？」

そこで初めて、ステラは即答しない。

しかし……少しの沈黙ののちに微笑み答える。

「負けるつもりもないけどね？」

「そうか」

「えーと……」

自分の話題なのに蚊帳《かや》の外にされていたイストファが、困ったように頬を掻く。

確かにカイルに全て話してしまったのは自分だが、どうしてこんなことになっているのか。

「あの、カイル……」

「イストファ」

「な、何？」

「長命種になるってのは、明日の晩飯を決めるような気軽な話じゃない。ちゃんと考えろよ」

「えっと……ステラさんとの話だよね。それは、もちろんだよ」

「ならいいんだがな」

自分を本気で心配してくれている。それが分かるから、イストファは「うん」と頷く。

「大丈夫だよ、カイル。僕、今はそういう話もよく分からないから……ちゃんと分かるようになってから、しっかり考えるつもりなんだ」

「おう、そうしろ」

「友情ってやつね。ずいぶん深めてきたみたいじゃない」

「はい！」

嬉しそうに笑うイストファに、ステラも笑う。

「そういうのは大事よ。お金で繋がる関係も、ありといえばありだけど、切れやすいから」

そう言うと、ステラはカイルへと笑いかける。

「感謝するわ、カイル。どこの誰かなんて聞かないけど、イストファと仲よくしてちょうだいね」

「言われるまでもねえ」

「あの、ステラさん。カイルは……」

「君の友達。それで充分よ、イストファ」

「はい」

ホッとした様子のイストファへとステラは微笑み、そして3人で並んで歩く。

やがて辿り着いた宿屋の前で、カイルは軽く息を吐く。

「全く、とんだ一日だった」

「あはは……そうだね」

「イストファ。一応明日の予定について言っとくぞ」

「う、うん」

まじめな表情のカイルにイストファが頷くと、カイルはイストファを指差す。

「まず1つ目。お前の装備を充実させる」

「え、僕?」

「ああ。お前、俺と組んで戦うことに異論はないんだろ?」

「それは、うん。でも、それが?」

「守る戦いを念頭に入れる必要があるってことよ」

ステラにそう言われて、イストファは「あっ」と声を上げる。

確かにイストファが前衛、カイルが後衛で戦うのならば、それが必要な場面はある。

今日のように敵の後衛をカイルが直接殴りに行くような戦いはない方がいいのは間違いない。

「2つ目。できれば3人目の仲間を……可能ならサポーターを入れる」

「サポーター……」

「そうだ。お前の師匠もこれに異論はないはずだ」

「ええ、そうね。何度も言うようだけど、私は今のイストファと一緒に潜るつもりはないから」

ステラの返答に頷き、カイルはイストファに向き直る。

「この辺りについては明日また詳しく話す。それじゃ、おやすみだ、イストファ」

「うん、おやすみカイル」

ズカズカと宿の中へと入っていくカイルを見送ると、イストファは「3人目……」と呟く。

「あら、嫌なの？」

「え、いえ。そういうわけじゃないんですが」

「不安？」

「……はい」

そう、イストファは不安だった。

カイルとは上手くやれている。しかし、その3人目とも上手くやっていけるだろうか？

冒険者としては初心者程度のイストファの経験は、まだ自分に自信を持つには足りない。

「なんとかなるわ。保証はないけどね」

「……ないんですか」

「ええ。こればっかりはどうしようもないもの。私だって失敗してばかりよ？」

ふう、と憂鬱そうな息を吐くステラに、イストファは意外そうな顔になる。

「ステラさんも、ですか？」

「もちろんよ。たくさん失敗して、結局今はソロだけど。イストファは上手くいくといいわね」

「はい。カイルは、いい奴ですから」

「そうね。私もそう思うわ。彼、貴方とは違う意味で世間知らずっぽいし」

「そうなんですか？」

「ええ、そうよ。だから色々気が合うんじゃないかと思うわ。大切になさい」

言いながらステラは、一人の少年の噂を思い出す。

天才と期待されながら、魔力が人並み以下。玩具の魔法士、ガラクタの天才。

フィラード王国第4王子、カイラス・フィラード。

ごくわずかな親しい人間からの愛称は……カイル。

「ふふっ」

「ど、どうしたんですかステラさん」

「なぁんでもないわ。さ、私たちも入りましょ、イストファ。きっと明日は早いわよ」

そう言ってステラは、イストファの背をトンと押した。

◆◇◆◇◆

とはいえ、すぐに寝られるものでもない。

部屋に戻って、お風呂に入って、ご飯を食べて。

イストファから今日の冒険の話を聞かされたステラは頷いていたが、全てをイストファが話し終わると「なるほどね」と再度頷く。

「基本的には、貴方たちの行動は間違ってないわ」

「基本的には、ですか？」

「そうよ。入り口を見失ったのはマイナスだもの。それは分かるでしょう」

言われてイストファは「う、はい」と答える。

「撤退するためのルートの確保は基本。それを忘れちゃダメよ」

「……はい」

「よろしい。でもね、そのあとの行動は間違ってないと私は思う」

細かいことを言えば、色々ある。

カイルに関してもそうだ。結果的には問題なかったが、もう少し警戒してもよかったのではないか、とか。そもそも彼、戦力的にどうなの、とか。

聞いた限りでは、カイルを連れて行くとイストファが決めなければ避けられた危険も多い。しかし同時に、イストファに足りない部分がカイルによって埋められている面もある。しかしまあ、そこはイストファの裁量に委ねられるべき部分ではある。

イストファが自分で彼を必要だと感じたのならば、それは尊重されるべきなのだ。

「まあ、私から今日の貴方の冒険に関して感想を言うなら、そうね……」

椅子に座って自分を見上げているイストファの頭を、ステラは優しく撫でる。

「頑張ったわね、ってところかしら。明日も頑張りなさい」

「はい、ステラさん」

「……あ、そういえば、もう一つだけあるわね」

「え？」

姿勢を正して聞く態勢を整えるイストファに、ステラは「大したことじゃないのだけど」と前置きする。

「貴方たちがゴブリンガードから逃げ出した件よ」

「間違ってましたか？」

「いいえ、正しいわ。かなり苦戦したでしょうし。問題はそこじゃなくてね」

「はい」

「逃げることが悪手になる敵もいる。それを覚えておきなさい」

逃げることが悪手。そう聞いて、イストファはグラスウルフを思い出す。

逃げても追ってきたあれがそうなのだろうか。

「グラスウルフ……ですか？」

「確かにあれもそうね。場合によっては、逃げたつもりで大群が追ってきてることもあるから。できれば数の少ないうちに仕留めなさい」

「う……はい」

答えながらもイストファは正解は「そうではない」と気付く。

あれもそう、と言っているの、そういうことだからだ。そして予想通り、ステラは「でもね」と切り出す。

「私が言っているのは、ゴブリンガードの……いえ、階層守護者のことよ」

「逃げたら状況が悪化するんですか？」

「というよりも、逃がしてくれない敵もいるわね。もし、そう感じるような敵が現れた時は」

「……時は？」

「立ち向かいなさい。そうすれば、逃げていては見つからない光明が見えることもあるわ」

見えなかった時はどうなるんだろう。聞いてみようかと思い、イストファはやめる。

代わりに、こう聞いてみる。

「僕、階層守護者ってその場から離れないと思ってたんですけど……その認識って、間違ってましたか？」

「間違っていることもあるし、間違っていないこともある。それが答えになるかしらね」

「間違ってるけど、間違ってない……ですか？」

「そうよ。そいつの性格次第ね。守ることが得意な階層守護者もいるし、攻めることが得意な階層守護者もいる。そこは見極めるしかないわ……もちろん、ギルドに情報があるなら買ってもいいけれど」

お金はかかるわよ、と冗談めかして言うステラに、イストファはうっと唸る。

それは、なかなか難しい。お金が入ったのだから、買うべきとは思うのだが……カイルの持っている情報と被っても仕方ないので、要相談だろうか？

「ま、今夜はこんなところかしらね」

「ありがとうございます、ステラさん」

「大したことは話してないわ。優秀で大変結構」

クスクスと笑いながら部屋の明かりを消し、ステラは自分のベッドに潜り込む。

今日は2人部屋。ちゃんとベッドが2つ用意されているので、イストファも安心して自分のベッドに入る。やはりなんだかんだで、ステラと一緒のベッドというのは恥ずかしいのだ。

「さ、寝ましょ」

「はい。おやすみなさい、ステラさん」

「ええ、おやすみイストファ」

イストファは、明日の冒険のことを考えて目を閉じる。けれど、なかなか寝付けない。

ステラに今日の出来事を話すことで、明日が楽しみになってしまったのかもしれない。

「……あれ？」

「どうしたの？」

「いえ、その……」

明日が楽しみ。その気持ちに気付いて、イストファは不思議な気分になる。

明日。イストファにとってその言葉は、それほど楽しみなものではなかった。

明日には、きっと。そう望み続け、けれど何も変わらない日々が続いていた。

「明日」が見えないから、その先の未来に希望を託し続けていた。

けれど、今は……「明日」に明確な希望を抱いている。

「明日が……早く来るといいなって。そう思ったんです」

そのイストファの言葉に、ステラはクスッと笑う。

「そう？　でも寝ないとダメよ」

「はい」

明日が来るのが、楽しみ。

そんな気持ちを胸に秘めて……イストファは、再びぎゅっと目を閉じた。

だからだろうか。この夜、イストファは、長く見ていなかった夢を見た。

内容は覚えていないけれど……それはたぶん、とても幸せな夢だった。

第5章　明日を夢見る少年

　次の日。ステラやカイルとともにフリート武具店へとやってきたイストファは、店のレイアウトが少し変わっていることに気付いた。入り口付近に置いてあった、安い武器を雑多に入れた樽が店の奥の方へと移動し、軽い武器は棚の少し取りにくい位置へと移してあるのだ。

「あれって……」

「ん？　おう。昨夜、どこぞの店から奪われた武器で事件が起こったみたいでな。衛兵連中がある程度の自己対策を頼むって回ってきたんだよ。それで、一応な」

　手に取りやすい位置にある重い武器を持って素早く逃げるのは難しい。軽い武器を持って逃げるにも、手に取りにくい位置にあるので、フリートが怪しい人間だと判断した時点で声をかけられるし、場合によっては店の外まで殴り飛ばせる。つまりは、そういうことなのだ。

「お前らも気を付けろよ」

「つーか、俺たちだぞ、襲われたのは」

「何っ⁉」

　あっさりとバラすカイルに、フリートが驚いたようにイストファへと視線を向ける。

「……そうなのか？」

「はい、一応。でも」

怪我もしてませんし、と言おうとしたイストファの両肩を叩き、何かを確かめるようにすると、フリートはふうと安堵の息を吐く。

「怪我はしてねえみたいだな」

「あ、えっと、はい」

「むしろ今ので怪我したんじゃないかしら」

「あはは……」

確かにフリートの今の打撃はちょっと痛かったな……などと思いながらイストファが苦笑していると、フリートはケッと悪態をつく。

「全く、よりによってイストファを襲うたあな。俺がその場にいりゃ全員再起不能にしてやったのによ」

「い、いやそこまでは……」

「フン。どうせ五体満足でもまともなことはしねえんだ。どうなったって変わりゃしねえよ」

言いながらフリートは、イストファの鎧の傷を確かめていく。

「それなりの硬革鎧を渡したはずなんだが……結構ザックリいってやがるな。ゴブリンの特殊個体でも相手にしたのか？」

「……分かるんですか？」

イストファが驚いたように聞くと、フリートは「当たり前だ」と返してくる。

「誰がそれを売ったと思ってんだ。ただのゴブリンごときにどうにかできる鎧を売ったつもりはねえぞ」

言いながらフリートは、カウンターに腕をつく。

「で？　今日は修理か？」

「えっと」

「新しいのを買うために来た」

イストファを遮って前に出てくるカイルを、フリートはジロリと睨む。

「どこのお坊ちゃんか知らねえが、武具ってのはポンポン買い替えるもんじゃねえぞ」

「そりゃ普通の奴の話だろう。俺たちはすぐにでも2階層に到達する。もうグラスウルフだって倒してる……必要なのは、ゴブリンガードの攻撃を防げる防具なんだ」

「本当か？」

「はい。さっきのお話にあった特殊個体だとソードマン、ファイター、マジシャン……あとアーチャーを倒してます」

イストファの答えに、フリートは頭をガリガリと掻いて溜息をつく。

「予想より早いな。まだ潜り始めて大した日数もたってねえのに、もうそこまで……か」

そのままフリートはカウンターを指で叩きながら「ゴブリンガードには会ったのか」と聞いてくる。

「はい、会いました」

「どうだった」

「勝てないだろうな、って。武器もそうですけど、あの斧で鎧ごと斬られそうな気がしました」

「ああ、正しいな。その硬革鎧じゃ防げねえ」

悩むように虚空に視線を向けたまま黙り込むフリートに痺れを切らしたのか、カイルは店の中の鎧の物色を始めてしまう。

「なあ、ステラ。お前、イストファの師匠なんだろう？　この金属鎧、どう思う」

「ん？　そうねえ……」

「待て」

品定めを始めたステラを止めるようにフリートの声が響き、やがて長い溜息を漏らす。

「……予算はいくらだ」

「えっと。４万８０００イエンあります、けど」

「ふむ」

「金属鎧でいいだろ。ハーフアーマーならそこまでしないはずだぞ」

「バカ言うな。鉄のハーフアーマーは20万からだ。４万だとブレストプレートになるぞ」

カイルにそう返すとフリートは「ちょっと待ってろ」と言って、店の奥へと入っていく。

「……あの、ステラさん。ハーフアーマーとブレストプレートの違いって」

「胸部だけを守るのがブレストプレート。上半身を守るのがハーフアーマーね」

「なるほど……」

つまりブレストプレートだと、正面からの攻撃しか守れないのだろうとイストファは思う。

それはそれで軽くて動きやすそうだが、あのゴブリンガードの斧から身を守る役には立ちそうにない。

「流石に青銅製や赤鉄製だと防御力に難があるか……？」

「ゴブリンガードの斧は鉄でしょ？　下位の金属で守るのはどうかしらね？」

「だよなあ……」

自分に分からない話で盛り上がるカイルとステラに、イストファがちょっとだけ寂しい気持ちになっていると、奥から包みを抱えたフリートが戻ってくる。

「これだ。見てみろ」

紙のような包みをフリートがガサリと剥がすと、中から革鎧の一式が出てくる。

「これって……」

「硬革鎧か？　いや、それにしては何か妙な魔力を感じるが……」

「へえ、これって……魔獣革？」

ステラが感心したような声を上げると、フリートがピクリと眉を動かす。

「よく分かるな」

「まあね」

「魔獣、ですか？」

「そうよ、イストファ。モンスターの中でも獣型の連中、それを魔獣とも呼ぶの」

そう、例えばイストファが遭遇したグラスウルフのような、普通の獣に見えなくもないものから、デモンズバッファローと呼ばれる凶悪な姿をしたものまで、さまざまだが……「獣型」のモンスターを魔獣とも呼ぶ。そうした魔獣の革を防具として加工するのは、一般的ではないが、あることだ。

「大人向けにしては小さいわね。魔獣革の鎧なんて、子供用に造るものではないでしょ？」

「確かにな。ただでさえ俺たち用のサイズなんて、ダンジョンから流れてくるようなものに頼る現状があるのに」

冒険者は基本的に身体のでき上がった大人がなることが多い。子供の冒険者がいないわけではなく、イストファやカイルのような実例もいる。しかし、そうした子供の冒険者は高価な素材を使った武具など買えないから、売る側も造らないのだ。唯一の例外があるとすれば、それは。

「ああ、なるほど。どこぞの貴族の子供用か？」

「ま、そういうことだ」

カイルの指摘にフリートが頷く。

そう、能力の強化目的でダンジョンに潜る貴族や富豪の子供の身を守る武具。子供用サイズで造られる。そして使ったあとは「もう必要ない」と売られることが多いのだ。

「こいつは、ちと訳ありの品でな……普通、お貴族様の子供は豪奢に飾った金属鎧を好むもんだが、その子供は特に身体が弱かったみてえでな。金属鎧の重量にゃ耐えられねえ。けど、全身を守っておかなきゃ親御さんが不安だってんでな」

そこで、とある魔獣の革を使って鎧の作成が始まった。

「ところが、製作途中でその子供が亡くなっちまったみてえでな。形ができていよいよ装飾をつけようって直前で製作は中止。魔獣の革なんぞ使ったから呪われたんじゃねえか、って物言いまでついちまった」

貴族もそうだが、冒険者も縁起はかなり担《かつ》ぐ方だ。呪いの鎧なんて曰のものを着たがる物好きはいない。いや、正確には1人いたのだが……その子供の冒険者も、ダンジョンの中で死んでしまったらしい。

「ゴブリンファイターに頭をガッツリ割られたみてえでな。仲間が頑張って血塗れの鎧を持ち帰ってきて売ってったよ」

うげ、とカイルが嫌そうな顔をするが、それを見てフリートがカラカラと笑う。

「こうして綺麗に洗ったけどな。おかげさまでコイツは呪いの硬革鎧として有名ってわけだ」

「呪いの……」

「おい、イストファ。下手に触れるなよ。解除できる呪いばっかりじゃないんだ」

「え」

「いいか、呪いってのは、モンスターが簡易的なのを使うこともあるが、解明できないえげつねえ呪いってのも確かに存在する。そんな謂《い》われのある鎧、ロクなもんじゃねえぞ」

カイルにそう言われてイストファも思わず一歩引くが、ステラは鎧を眺めながら「ふーん」となんでもなさそうに呟く。

「別に呪いなんてないわよ、これ。普通の魔獣革の鎧ね。何の革かまでは知らないけど」

「それは俺も分からん。何層かに重ねてるみてえだが、分解してみるわけにもいかんしな」

「正面は何、これ？」

「たぶん、だが……ブラッドベアの革じゃねえか？　処理が悪いから劣化してるが、それでもかなりの硬度を保持してる」

「ふーん、もったいないわね」

話についていけずイストファは説明を求めてカイルを見るが、カイルは視線をふいと逸らしてしまう。

「……カイルも分かんないの？」

「魔獣の革のことまでは流石にな」

「そっか」

質疑応答を重ねているステラとフリートの会話についていけないまでも、イストファは革鎧に近づいて眺めてみる。

今着ている革鎧と比べると、ずっと立派なものなのは間違いない。肩鎧も革製なのに頑丈そうで、ゴブリンアーチャーの矢くらいなら弾き返しそうな頼もしさがある。魔力云々というのはイストファには分からないが……何とも言えない迫力があるのだけは理解できた。

「あの、フリートさん」

「ん？」

「この革鎧って……ゴブリンガードの一撃にも耐えられますか？」

「当然だ」

イストファの問いに、フリートはそう即答する。

自信満々……どころか、当然のことを語るような口調だった。

「ゴブリンガードは強いがな、しょせんゴブリンだ。金属鎧を着ていれば簡単に弾ける程度でしかねえ」

ただ、金属鎧は重い。全身を金属鎧で固めれば、ゴブリンガードとは消耗戦になる。

それは堅実ではあるかもしれないが、あまり頭のよい選択肢とは言えない。

「ただまあ、そうやって1階層を突破する奴は多い。そのあともその調子でやっていけたって話は聞かねえがな」

「それは……実力的な話ですか？」

「おう、その通りだ。鎧に頼る奴は、鎧の強さまでしか強くなれねえ。武器も同じだがな」

「武器屋の店主のする話じゃねえな」

「ケッ、お手軽に強くなりてえなら余所《よそ》へ行け、って話だ」

カイルのツッコミにフリートはそう悪態をつく。

「今時の野郎は来るなり『一番高い武器と防具を寄越せ』ときやがる。そういうバカのためにああいうのも用意してるんだがな」

言いながらフリートが顎をしゃくってみせた先には、白色の全身鎧が高そうな剣を抱えて立っているのが見える。

「あれは……総ミスリル製か？　まさか剣も」

「おうよ。値段『だけ』ならウチで最高峰だわな」

「買った人はいるの？」

面白そうに会話に混ざってきたステラが問うと、フリートはヘッ、とバカにしたように笑う。

「今のところ、いねえな。値段を言った時点でどいつもこいつも縮こまりやがる」

「だろうな」

「え、どういうこと？」

苦笑するカイルにイストファがそう聞くと、フリートが「ありゃ見掛け倒しだ」と笑う。

「なんでもミスリルにすりゃいいってもんじゃねえんだよ。ミスリルは魔法に強いって特徴はあるが、物理的な防御力はそこまで高くはねえ。全身鎧にする意味は、あんまりねえんだ」

精々が儀礼用だな、というフリートの説明に、イストファは少し残念そうな顔になる。

何か悪いことを言ったかと鼻を掻くフリートに、カイルが「あー」と呟く。

「こいつ、魔力がないからな。ミスリルの鎧着りゃいいかも、って話をちょっと、な？」

「なるほどな。ミスリルの鎧なら、そこのエルフが着てる程度でいいんだよ。要はスピード重視の奴向きの防具だな」

「あ、そうなんですか」

「おう」

言いながら「話がズレちまったがな」とフリートは革鎧を示す。

「どうだ、この鎧。お前が欲しいなら安く売るぜ……どうせ買う奴もいねえしな」

「……おいくらですか」

「7万イエンだな」

「うぐっ」

「オイおっさん。なんでそれを持ってきた」

白い目で見るカイルとステラ。しかしフリートは正面からその視線を受け止める。

「これが俺の提案できる最良であり最安値だ。この性能のもんをよそで買えば、倍じゃきかねえぞ」

「それは……そうかもだが」

「でも、買えないことくらい分かってるんでしょ？」

「まあな」

言いながら、フリートは鎧に触れる。

「だから、イストファが望むなら、こいつは売約済にしとくって話だ」

「えっ」

「何も今日明日ゴブリンガードを倒すって話でもねえだろう？」

「それは……」

イストファがカイルに視線を向けると、カイルは「まあ……そうだな」と頷く。

「だったら慌てることはねえ。もう4万8000イエン稼げたんだ。7万なんかすぐだろう？」

「はい」

それは、確かにそうだ。今のペースでいけば、不可能な話ではないとイストファも思う。

「じっくり実力をつけて、それからこの鎧を買っても遅くはねえ。それに、ほかにも装備は要るだろう？」

「まあな。イストファ、お前もそろそろ盾がいるんじゃないか？」

「盾……でも、持ったら半端にならないかな」

「アホか」

前にも感じた懸念を言うイストファを、カイルが小突く。

「盾がないと、避けるか受け流すくらいしかねえだろう。お前に守ってもらえねえと俺は死ぬぞ？　コロリだ」

自分の首を切る真似をするカイルに、イストファは唸る。

なるほど、自分1人であれば転げ回って避けてもいい。しかし、カイルがいるから……今後、新しい仲間も入るなら、イストファが守らなければならない。守る、という概念を導入しなければならないのだ。

「だから今回の俺の提案はこうだ。イストファ、お前のその鎧の応急修理と……こいつのセットだ」

言いながらフリートが取り出したのは、小さな盾。表面は鈍い鉄色、持ち手の部分には木を貼り付けたものだ。前にフリートが見せてくれたものに似ているが、もっと立派に見えた。

「表面は鋼鉄製、中に赤鉄を使うことで重量を軽減して、一番内側の木はオークウッドだ。鉄の盾よりは硬いが、鋼鉄の盾ほどじゃねえ。だが総鉄製や総鋼鉄製よりも軽くて取り回しが利く。持ってみろ」

言われてイストファは盾を手に取ってみる。なるほど、確かに思ったよりは軽い。ズシリと来る感覚はあるが、身体の動きが著しく制限されるほどではない。ほかに気にするべき点といえば……盾が小さいので、防御法を少し考える必要が出てくるだろうか？

「その、値段は……」

「ああ、それだがな」

言いながら、フリートはニヤリと笑う。

「今回もセットで1万イエンだ。どうだ、安いだろ？」

「1万イエン……」

「ま、ほとんど盾代だな。鎧の方は傷ついた場所に別の革を当てて見た目を綺麗に修繕して……ってくらいだな。本格的にやると時間も金もかかるしな」

「本格的っていうと……革を張り直すとかですか？」

「おう。その場合は3日もらうが、纏めて２０００イエンでしっかり仕上げてやる」

どうしようか、とイストファは悩む。どうせなら革鎧をしっかり直しておきたい。しかし、3日もかかったら、その間は鎧なしになってしまう。かといって代わりの鎧など……と悩むイストファに「ちなみにだが」とフリートは続ける。

「革鎧を本格的に修理するなら、当然代わりの鎧が要るわな」

「そう、ですよね……」

「この際だ。今の鎧を予備にして、もう一式硬革鎧を揃えてみるか？」

「う……」

そうすると、ますます魔獣の革鎧が遠のく。そんなことを考えたイストファが思わず唸ると、フリートはガハハと笑う。

「何考えてるかは分かるぜ。こんなとこで金使ってたら、ますます目標の鎧が遠のくわな！」

「……はい」

「ま、1万イエンでピイピイ言ってたんだ。気持ちは分かるぜ。とはいえ、ウチだって商売だ。過度な割り引きはできねえわな」

言いながらフリートは顎を軽く撫でる。

「あの、応急修理の場合って、鎧に何か問題が出たりするんですか？」

「基本的にはねえが、耐久力がちょっと落ちるわな。長期的に見ても、あまりいいもんじゃねえ。結局どこかで本格的に張り直しの必要は出るが……まあ、新しい鎧に乗り換える前提なら、さほど問題になる話でもねえ」

言われて、イストファは考える。初めて買った鎧だ。長く大事にしたいが……通用しない鎧を持っていても仕方がない。いつかは乗り換えないといけないものではある。それに……ゴブリンガード相手ならともかく、ゴブリン相手であれば今の鎧でも何も問題は出ていないし。

「……カイルはどう思う？」

「そうだな。確かにゴブリンガードを相手にするんでもなけりゃ、応急処置で充分だろう。あの場所に近づかなきゃ問題も出ねえはずだしな」

「ステラさんは？」

「イストファが考える問題かしらね。自分の命を預ける防具だもの」

2人の意見を聞いて、イストファは再度唸る。楽しそうに笑うフリートと目の前の鎧や盾を見比べながら、イストファは考えて……フリートの背後でおたまを振り上げているケイに気付いて「あっ」と声を上げる。

「ん？　いてっ！」

スコーンと綺麗な音を立ててケイにおたまで叩かれたフリートは背後を振り向く。

「おいおいケイ、何てことしやがる」

「何てことしやがるはお父さんでしょ？　イストファ君をいじめるのはどうかと思うな」

「いじめてなんかいねえよ」

「だいたい何よ、その鎧。『買ったはいいけど売れねえ、縁起悪ぃ』って愚痴言ってたやつじゃない」

「だから安くしてんだよ。正直赤字覚悟の値段だぞ？」

「そういう問題じゃないでしょ？　縁起悪いものを売らないでよ！」

「だからちゃんと説明してるって！　ったく、お前そこまでイストファに過保護だったかあ？」

やれやれ、と言いたげなフリートの言葉にケイは「そ、そんなことないけど」と口ごもる。

そんなケイの様子にフリートは目を見開き……そのままイストファへと無言で視線を向ける。

妙な圧のこもった視線に、イストファは思わずビクリと一歩下がりそうになってしまう。

「……ケイはやらんぞ。その時は婿に来てもらうからな」

「お父さん！」

「いてっ！」

「もう、知らない！」

ズカズカと足音を立てて奥へ戻っていってしまうケイを、フリートは頭をさすりながら見送ると「やれやれ」と溜息をつく。

「よし、これで煩いのは消えた。さ、どうする」

「あ、冗談だったんですか。ですよね」

「半分はな」

フリートのニヤリという笑みに固まるイストファを、背後からステラが抱き寄せる。

「あげないわよ」

「お前のもんでもねえだろ」

「いい加減にしろ。いつまでも話が終わらねえだろが。イストファ、どうすんだ」

カイルに言われ、イストファは悩む。新しい革鎧を買うなら、修理と盾代を含めて２万イエンはかかるだろう。払えるが魔獣の革鎧は遠のくし、ゴブリンガードには通じない鎧を2つ抱えることになってしまう。普通に考えるなら、その選択肢はない。

「……なら、取りあえず応急処置をして、魔獣の革鎧を買う時に今の革鎧を修理に出します。それならおいくらですか？」

「盾はどうする。買うのか？」

「はい」

盾は必要だ。使いこなしがどうのと言っていられる時期は過ぎてしまったのだ。

「……ま、正解だな。それなら今答えてやる。盾と応急処置でさっき言った通り1万イエン。魔獣の革鎧は7万イエン。そのあと鎧の修理は1000イエンでやってやる」

「みみっちい割引ねえ」

「うるせえエルフだな。2000イエンだって割り引いてやってんだぞ」

「じゃあお願いします、フリートさん」

1万イエンを置くイストファに、ステラと睨み合っていたフリートは「おう」と頷く。

「それじゃあ、鎧を脱ぎな。すぐにやってやらあ」

◆◇◆◇◆

フリートの言う通り、鎧の修理にはさほど時間はかからなかった。

修理の跡の分からない綺麗な硬革鎧を纏って腰に短剣を差し、小盾を持つ。ただそれだけで、昨日よりもっと強くなったような……そんな不思議な感覚にイストファはなってしまう。

「どう、かな？」

「どうとか言われてもな。取りあえず盾があるぶん、前より安心だな」

「似合ってるわよ、イストファ」

嬉しそうな顔をするイストファにステラが微笑み、カイルがぐっと唸る。

「……似合ってるぜ、イストファ」

「あ、ありがとう」

「とにかく盾を使えるようにしねえとな。盾ってのはただの防具じゃねえんだ」

「そうね。ただの防具として扱ってるうちは消耗品でしかないもの」

「そうなんですか？」

イストファの問いにカイルが大仰に頷くが、その間にステラは「貸してごらんなさい」と言ってイストファから小盾を受け取る。

「まずは受け方ね。基本的にこういう小さな盾は、能動的な防御法に出る必要があるわ」

「能動的……ですか」

「そう、つまり……こうね」

言いながらステラは、イストファの眼前に小盾を突き出す。

「うわっ……」

「普通の盾と違って、小盾は『防ぐ』より『逸らす』や『弾く』に重点を置く必要があるわ。攻撃の際にも相手の意識を小盾に集中させて、自分の攻撃を通すことを狙いなさい」

「逸らす、と防ぐ……」

「防御能力のある打撃武器だと考えると分かりやすいかしらね。細かく動きながら効率的な防御を行う……それが小盾の正しい使い方よ」

「つーか、外でやれよ」

渋い顔をしているフリートにイストファは思わず「ごめんなさい」と謝ってしまうが、カイルもステラも知らん顔だ。

「ま、いいけどよ。小盾の使い方に関しちゃエルフの言う通りだ。今の軽戦士スタイルで行くなら、デカい盾よりも小盾だからな。上手く使えよ」

「はい、ありがとうございますフリートさん」

「礼を言われるようなことはしちゃいねえ。無理せずしっかり稼いで帰ってこい」

矛盾しているようにも思える激励に、イストファは「はい」と答える。

フリートはイストファのことをしっかり考えて、最適な提案をしてくれている。それが分かっているからこそ、イストファは手に入れた盾に確かな信頼を抱いていた。

ステラから盾を再び受け取ると、付属のベルトで腕に着ける。小さな盾だからこそできる持ち歩き方だが、そうするとなかなかサマになっているように思えた。

「そんじゃ、次は冒険者ギルドにでも行くか。新しい仲間を探さなきゃならんしな」

「そうだね。それに、もし仲間になってくれる人がいなくても……カイルと一緒なら、もっと先まで行けそうな気もするよ」

イストファの言葉にカイルはほんの少しだけ、きょとんとした顔になって、やがて、照れたようにイストファの背中を叩く。

「恥ずかしいこと言ってんじゃねえよ……ま、その通りではあるがな」

そんな2人を見て、ステラとフリートは思わず顔を見合わせて笑う。

イストファとカイル。生まれも育ちも何もかもが違う2人は、互いに素直な笑顔を交わし合う。友情と呼ばれるその絆を力に、イストファたちは今日もダンジョンに挑む。その先に望む未来があると、強く信じながら。

エピローグ

迷宮都市へと続く、街道の途中。馬車が何度か通り過ぎるが、徒歩で進む者の姿も少なくはない。

理由はさまざまだ。単純にお金がなかったり、馬車という狭い空間に何人も詰め込まれるのが死ぬより嫌だったり。乗合馬車は臭いから乗るもんか、という者もいる。

かと思えば、特に理由のない者や……馬車の通らないど田舎から来る者もいる。

例えば、道をてくてくと歩く銀髪のダークエルフもそうだ。

ライトエルフにダークエルフ。エルフと名のつく彼らは深い森の奥で暮らしていることが多く、そんな場所には乗合馬車もなかなか通らない。

一部の物好きはふらりとヒューマンの住む領域に出かけ、冒険者などをしていることもあるが……そのダークエルフは、さらに変わり者のようだった。

綺麗に切り揃えた前髪と、肩の少し上くらいで整えた後ろ髪。銀色の髪の艶も美しく、しっかりと手入れされていることがうかがえる。浅黒い肌はきめ細かく、紫の瞳は先にある迷宮都市を見据えるかのようにまっすぐ前へと向けられている。

身に纏うのは、灰色のキッチリとした神官服。どうやらどこかの神に仕える神官のようだが、道行く人もわざわざ「何の神に仕えているのですか」と聞きはしない。一説では八百万にも届くとか既に超えているとか言われる神々の名前をいちいち覚えている者はいないし、覚えたいという者もいない。しかしエルフの神官というのはどうにも珍しく、周囲の人間がチラチラと見てくるのを神官は感じていた。

まあ、神官が少年か少女か分からぬ中性的な……それも美しい顔立ちであるのも手伝っているのだろう。美しいものが目の保養になるのは、いつの時代も変わらない。

「……はあ」

そういうものだと分かっていても、思わず溜息が出るのは仕方がない。無遠慮な視線はどうしても心を削る。神官が迷宮都市に向かうと知って誘ってくる冒険者も何人かいたが、今のところ全員断っている。

もちろん仲間は必要だとは思うのだが、誰でもいいというわけではない。

神官は目的があって旅をしているし、迷宮都市に向かうのもその目的に沿ったものだ。

どこかで運命的な出会いでもあればよいのだが、それはまさに神の導きによるもの。とはいえ、待っていて授かるものでもないので、こうして旅をしている。神官の「目的」と出会うとすれば……それはおそらく迷宮都市であろうと予想をつけているからだ。

もちろん迷宮都市は世界中にいくつか点在しているし、今から向かう場所がそうであるとは限らない。しかしこうして探していれば、きっといつかは出会えるだろう、と神官は思う。

「向こうに着いたら宿をとって、それからダンジョンに潜るとしましょうか。私一人でどこまで行けるかは分かりませんが……まあ、それもダンジョンで解決しますしね」

呟きながら神官は、1枚の金貨を指で弾く。

「ふふっ、楽しみですね」

宙を舞う金貨は光を受け、何かを指し示すかのようにキラリと輝く。

この神官もそうだが……迷宮都市を目指す者は、さまざまな想いをその胸に秘めている。現状では変わらぬものを変えるため、現状では叶わぬ夢を叶えるため。

……もっとも、誰もがその夢を叶えられるとは限らないのだが……一人では叶わぬ夢だとしても2人なら、あるいは3人なら叶えられるかもしれない。

それは例えば、路地裏で腐らず夢見ていた少年だとか。

あるいは、諦めを知らない王族の少年だとか。

もしくは……今まさに迷宮都市に辿り着こうとしている、神官だとか。

その金貨のように輝く未来がどこに向かうかは……今はまだ、分からないけれども。

あとがき

皆様、こんにちは。あるいは初めまして、でしょうか？

天野ハザマと申します。この本でお会いできましたこと、大変嬉しく思います。

さて、何からお話ししたものでしょうか。せっかく読んでいただいておりますので、何か皆様の心に残るものを記しておきたいと苦心しておりますが……そうですね、せっかくですので本作品についてお話ししたいと思います。

本作品『金貨1枚で変わる冒険者生活』についてですが、ダンジョンものを書きたいなあ……という天野の思い付きから始まりました。もちろん「書きたいな」だけでは願望ですので、主人公を作りました。聖剣も魔剣もスキルもアビリティもステータス画面もチート能力も何も持っておらず、運命にも選ばれていない主人公イストファです。おそらく昨今の冒険譚の中では「その他の冒険者A」とかで埋もれてしまうであろう、そんな少年です。

何もないのに底辺からのスタートであり、足を引っ張る連中が山のようにいますので、もちろん落ちこぼれています。イストファが持っているのは、諦めない心だけ。

自力では、未来どころか明日すら覚束ない、そんな生活。けれど「もしそこに小さなチャンスが転がり込んできたら？」というのが、この物語の始まりです。

それだけで全てが変わるわけではない、本当に小さなチャンス。でも、それをきっかけに全てを変えようと思えたなら、未来を諦めていないなら、たとえ世界に選ばれていなくても、きっと変えられる。普通に生きている人には大したことのない金貨1枚が、何もかもを変えていく始まりになる。これは、そういう物語です。

イストファが突然すごい強さに目覚めて世界最強になったり……ということはありません。きっとこれからもイストファの先には数多の苦労が待ち受けていることでしょう。けれど運命に選ばれていなくたって、何も持っていなくたって、イストファは先へ進むことをやめないでしょう。それが、この『金貨1枚で変わる冒険者生活』という物語です。

……おっと、もう語るスペースがあまり残っていませんね。本作品ですがスクウェア・エニックス様にてコミカライズ企画が進行中です。ツギクル様の公式サイト、ツイッターなどもこまめにチェックなさると、最新情報がいち早く手に入るようになるかもしれません。

それでは皆様、さよならは言いません。またお会いしましょう！

天野ハザマ

異世界の戦士
として国に招かれたけど、
断って兵士から
始める事にした
著／アネコユサギ
イラスト／成瀬ちさと
謎と陰謀渦巻く異世界で
正しい選択は？
1 戦士
2 兵士
3 自由人？
第7回 ネット小説大賞
中間受賞＆
コミカライズ賞
W受賞作！

おっさんあるある満載の
異世界ファンタジー
アラフォー男の異世界通販生活 1～3
著／朝倉一二三
イラスト／やまかわ
超ネット通販チートでポチッとな！
コミカライズ決定
異世界に転移したアラフォー独身男のケンイチ。
突然のことに戸惑いながらもステータスを確認すると、
そこにはネット通販チートの能力が。
買い取り機能を利用して、異世界の物を換金し、
その金で現代日本の商品を購入。市場で売り始めると、
たちまち人気商品になり、商売は大繁盛！
このまま店を大きくしていくこともできたが、
ケンイチの目的はあくまでも異世界生活を
満喫すること。気のいい獣人やモフモフの
森猫なども登場して、ケンイチの異世界生活は
騒がしくなっていく――。
本体価格1,200円＋税　ISBN978-4-7973-9648-5
ツギクルブックス
https://books.tugikuru.jp/

SPECIAL THANKS

「金貨１枚で変わる冒険者生活」は、コンテンツポータルサイト「ツギクル」などで多くの方に応援いただいております。感謝の意を込めて、一部の方のユーザー名をご紹介いたします。

磯山いそ

電柱

ビーチャム

由岐　ぴね　ラノベの王女様

ふうさん　takashi4649

ツギクルAI分析結果

「金貨１枚で変わる冒険者生活」のジャンル構成は、ファンタジーに続いて、SF、恋愛、ミステリー、歴史・時代、ホラー、現代文学、青春の順番に要素が多い結果となりました。

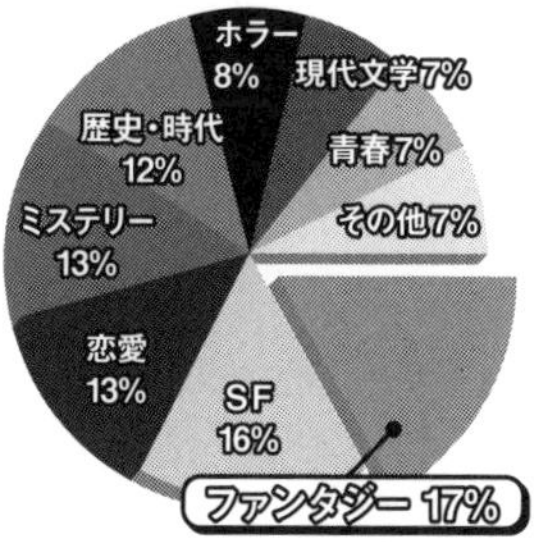

期間限定 SS 配信

「金貨１枚で変わる冒険者生活」

右記の QR コードを読み込むと、「金貨１枚で変わる冒険者生活」のスペシャルストーリーを楽しむことができます。ぜひアクセスしてください。

キャンペーン期間は 2020 年２月 10 日までとなっております。

ツギクルブックス

愛読者アンケートに回答してカバーイラストをダウンロード！

愛読者アンケートや本書に関するご意見、天野ハザマ先生、三弥カズトモ先生へのファンレターは、下記のURLまたは右のQRコードよりアクセスしてください。

アンケートにご回答いただくとカバーイラストの画像データがダウンロードできますので、壁紙などでご使用ください。

https://books.tugikuru.jp/q/201908/kinka1.html

本書は、「小説家になろう」（https://syosetu.com/）に掲載された作品を加筆・改稿のうえ書籍化したものです。

金貨《きんか》1枚《まい》で変《か》わる冒険者生活《ぼうけんしゃせいかつ》

2019年8月25日　初版第1刷発行

著者　天野《あまの》ハザマ

発行人　宇草 亮
発行所　ツギクル株式会社
〒106-0032　東京都港区六本木2-4-5
TEL 03-5549-1184
発売元　SBクリエイティブ株式会社
〒106-0032　東京都港区六本木2-4-5
TEL 03-5549-1201

イラスト　三弥カズトモ
装丁　ウエダデザイン室

印刷・製本　中央精版印刷株式会社

ISBN978-4-8156-0231-4
Printed in Japan